El fuego y las cenizas

NARRATIVA PEZ DE PLATA

El fuego
y las cenizas

JORGE ORDAZ

Pez de Plata

El fuego y las cenizas
© Jorge Ordaz, 2011

Ilustraciones cubierta e interiores: © Enrique Oria, 2011
www.startwaytoheaven.blogspot.com
eoriamartinez@gmail.com

Foto del autor: © Juan Ordaz de Torres

Primera edición: junio, 2011
Derechos exclusivos de esta edición
© EDITORIAL PEZ DE PLATA S.L.
Otura 4
33161 Morcín - ASTURIAS
www.pezdeplata.com
info@pezdeplata.com

Diseño de colección: Design Island
www.designisland.org

ISBN: 978-84-938296-3-6
Depósito Legal: AS-1929-2011

Impresión y encuadernación: Gráficas Summa
Polígono Industrial Silvota
C/ Peña Salón, 45
33192 Llanera - ASTURIAS
Impreso en España - Printed in Spain

La guerra ya no es un arte: es una demolición.
LEOPOLDO MARECHAL

PRÓLOGO

El 4 de enero de 1935 el paquebote *Karnak*, de la Hamburg-Amerika Linie, atracó en el puerto de Manila. Había zarpado de Génova treinta y cuatro días antes, habiendo hecho escalas en Port-Said, Colombo, Penang y Singapur. Entre los pasajeros se encontraban tres españoles. Dos de ellos eran personas conocidas, eminentes en sus respectivos campos. Uno era el físico Julio Palacios, catedrático de Termología de la Universidad de Madrid; el otro era Gerardo Diego, poeta, músico y profesor de literatura. Ambos iban invitados por la Junta de Relaciones Culturales para dar una serie de conferencias y estrechar lazos con la antigua colonia. Palacios se encargaría de hablar de los progresos de la ciencia en España, mientras que Diego haría lo mismo con la literatura y las artes[1]. El tercer español no era conocido ni formaba parte de la embajada cultural hispana. Sin embargo, también tenía una misión que realizar, si bien

---

[1] PALACIOS, JULIO. *Filipinas, orgullo de España. Un viaje por las islas de la Malasia.* C. Bermejo Impresor, Madrid, 1935.

ésta no era pública y requería, sobre todo, sigilo y confidencialidad.

Nada durante el largo viaje a Filipinas había hecho sospechar a nadie, fuera de inevitables conjeturas, la clase de empresa que le llevaba a tan lejano país. A quien le preguntó le dijo que era el hijo de un hacendado español, establecido desde hace años en la isla de Negros, que retornaba a su hogar después de haber finalizado sus estudios de Derecho en Madrid. Tan escueta filiación, aderezada con algunos otros datos banales y detalles anecdóticos, le bastaron para proporcionarle la máscara adecuada detrás de la cual esconder su auténtica personalidad y los verdaderos motivos del viaje.

Cuando el *Karnak* atracó en el muelle n° 7 de Manila, el tercer pasajero prefirió no desembarcar enseguida y esperar a que lo hiciera el grueso del pasaje. De modo que cuando finalmente se decidió a bajar a tierra quedaba muy poca gente en la dársena. Cumplidos los trámites aduaneros se subió a una carretela de alquiler y ordenó al cochero que lo llevase al consulado de España y que, por favor, subiese la capota porque el sol le molestaba.

PRIMERA PARTE

Maniobras clandestinas

Tropel de gente extranjera
Hoy reina en tu fértil suelo.

RAMIRO GARCÍA DE PALOMAR

UNO

Lo primero que vio cuando abrió los ojos fue un geco verde en el techo, inmóvil. Lo había visto antes de acostarse en una de las paredes de la habitación, encima de la foto enmarcada en la que se le veía junto a José Antonio en la tertulia de «La Ballena Alegre».

Tardó unos minutos antes de levantarse de la cama. Llevaba más de cinco años en Manila y aún no se había acostumbrado a la permanente sensación de dejadez y galbana del clima tropical. Al levantarse por las mañanas necesitaba un buen rato para que su cuerpo se fuese acomodando al calor y a la humedad del nuevo día, de todos los días. Sólo después de haberse duchado con agua fría, afeitado, vestido con ropa ligera y tomado una taza de café bien cargado, tenía la impresión de que podía afrontar la jornada con fuerzas suficientes.

No había olvidado en todos estos años ni por un momento la, según él, delicada misión que le había llevado a Filipinas. Había una razón última y esta razón le bastaba para no hacerse preguntas impertinentes. Su sentido del deber era suficientemente elevado como para no desperdiciar el tiempo discurriendo sobre cuestiones nimias que nada tenían que ver con su trabajo. Él, José Alfonso Ximénez de Gardoqui, agregado consular, no se podía permitir distracciones. Sabía lo que tenía que hacer y no podía cometer errores. Después de desayunar salió del apartamento y bajó a la calle. A aquellas horas —las siete y media de la mañana— había ya mucha gente en la calle. No dejaba de asombrarle la cantidad de transeúntes, de toda edad, género y condición, que iban y venían de un lado para otro a pie, en bicicleta, en triciclo, en automóvil, con esa sensación de aparente urgencia, ya que en realidad los viandantes no tenían prisa alguna en hacer las cosas y si la tenían sabían disimularla bien. Estaba acostumbrado al peculiar ritmo de la ciudad, pues pronto había aprendido que la parsimonia era algo inherente a la idiosincrasia filipina, y que por ir más rápido no se llegaba antes a los sitios.

Ximénez caminó por la avenida Taft, se detuvo en un quiosco y compró dos periódicos en español, *El Debate* y *La Vanguardia*. Luego atravesó el río Pasig por el puente Jones y se adentró en el barrio de Binondo. No muy lejos del mercado de Divisoria, entró en un callejón cuyo lóbrego aspecto habría hecho desistir a cualquier forastero de entrar en él. Allí, hacia la mitad del callejón, vio la tienda de la que pendía un descolorido rótulo de madera que ponía: «ODON MATSU. TAXIDERMISTA». Tras los sucios cristales del escaparate, junto a los polvorientos especímenes naturalizados de un tarsero y un calao, había un cartel, escrito a mano, que decía: «SE DISECAN CABEZAS Y GALLOS DE PELEA».

La extracción de la piel de los mamíferos es una operación delicada de la que depende, en gran medida, el éxito de una preparación taxidérmica, como bien señalan los expertos en la materia. Así, dispuesto el ejemplar en posición decúbito supino, se procede primero al taponamiento de todos los orificios con el fin de evitar la salida de fluidos por estas aberturas naturales. A continuación se practica una incisión longitudinal que, partiendo del apéndice xifoides, termine a un par de centímetros del ano, y cuya profundidad no debe traspasar la cara interna de la dermis y el colon, procurando siempre no lastimar los planos musculares de la pared anterior del abdomen para evitar la salida de intestinos y líquidos abdominales. Una vez incidido se irá desprendiendo la piel de los músculos, aponeurosis, tejidos conjuntivo y adiposo, y se desacoplarán las articulaciones fémoro-tibiorotulianas de los dos lados. Dados estos pasos, se diseca la piel a través del ano hasta las primeras vértebras coccígeas por todos sus lados, para lo cual, y según sea el caso, se sujeta el tronco a un tornillo de la mesa dispuesto a tal fin, se coge con las dos manos el borde de la piel adherida a los ligamentos que recubren las articulaciones de las mencionadas vértebras y de un tirón se separa la cola en toda su extensión de la piel que la recubre. Una vez suspendido el animal de una cuerda se le da la vuelta a la piel a modo de dedo de guante. Luego, dispuesta la cabeza sin tegumento externo, se procede a enuclear los glóbulos oculares, extrayendo la lengua y agrandando el agujero occipital por la base del cráneo hasta la apófisis pterigoides del esfenoides, y por esta abertura se extrae la masa encefálica.

Odon Matsu había ya aplicado con éxito las fases precedentes a un ejemplar de *Galeopithecus volans*, variedad

Filippensis, vulgo caguang o mono volador, y se disponía a limpiar la piel con antiséptico cuando vio entrar a Ximénez por la puerta. Sin embargo, en lugar de saludarle continuó con su tarea y no se volvió hacia él ni le dirigió la palabra hasta que consideró oportuno interrumpir el trabajo sin riesgo de estropear el proceso de naturalización. Cuando se decidió a hablarle lo hizo de esta manera:

—¿Por qué gana siempre el gallo de Simplicio?

A lo que el visitante contestó con voz clara y firme:

—Porque come arvejos.

Transcurrieron unos segundos antes de que Matsu se dirigiera a una especie de cómoda o aparador, lleno de botes y utensilios, y abriendo uno de los cajones sacara un sobre de color mostaza y lo depositara encima del mueble, al lado de un frasco que contenía un feto de cordero con dos cabezas. Luego se fue a la mesa de disección a continuar con su trabajo.

Ximénez recogió el sobre y lo guardó en el bolsillo interior de la americana.

—¿Eso es todo? —dijo.

—Eso es todo —le contestó el taxidermista.

—Entonces, hasta la vista.

Había un olor rancio y punzante en la estancia, una desagradable mezcla de alcanfor, amoníaco, aceite de coco y goma arábiga. Matsu puso un disco en el gramófono y al instante comenzó a sonar la voz cristalina de Richard Tauber cantando un aria de *El país de las sonrisas*, de Léhar, su compositor favorito.

Ya iba a salir cuando desde el fondo del taller, alzando su voz sobre la del tenor austriaco, Matsu le preguntó:

—¿Sabe de verdad por qué gana siempre el gallo de Simplicio?

—No tengo ni idea —contestó Ximénez.

—Algún día se lo contaré.

Ximénez abrió la puerta y, bajo la mirada vidriosa de un carabao enano, salió de la tienda. Aunque el aire del callejón apestaba a orines y a basura le pareció que respiraba aire fresco.

En 1941 Manila rebasaba el medio millón de habitantes y era una de las capitales más cosmopolitas y ebullescentes de Oriente. No había en toda el área del Pacífico asiático una ciudad con tanta actividad cultural como Manila. La capital filipina era una amalgama de razas, lenguas y costumbres; una peculiar superposición de culturas provenientes de tres continentes —la indígena, la española y la americana—, sin desdeñar las significativas aportaciones de los chinos y de otras culturas minoritarias.

Transcurridos más de cuarenta años desde la pérdida de la soberanía española sobre el archipiélago, la americanización por parte de los nuevos patronos proseguía de forma imparable. La nueva «reconquista» se extendía a todos los ámbitos de la vida filipina, y lo hacía sin apenas resistencia u oposición. Sólo algunos sectores de españolistas e indigenistas, cada vez más reducidos y acosados, se oponían con todas sus fuerzas a los cambios. El estilo de vida americano se imponía por doquier, desde el hogar al trabajo pasando por el ocio. En las escuelas se enseñaba el inglés americano. Muchos jóvenes lo habían adoptado sin reparos como lengua habitual de comunicación, mientras que otros lo habían tenido que aprender a regañadientes.

Se decía que, tras trescientos años de convento, Filipinas había pasado a disfrutar de cuarenta años de Hollywood. Entre los jóvenes se oían cada vez menos los nombres de pila como Rosario o José; ahora preferían llamarse Rosie o Joe. Bebían coca-cola, fumaban Lucky Strike o Chesterfield, leían a Hemingway y a Anita Loos, escuchaban jazz y se derretían con la voz acariciante del nuevo ídolo Frank Sinatra. En los cines películas como *El mago de Oz* o *Lo que el viento se llevó* congregaban a miles de espectadores. Los quinceañeros imitaban a los astros de Hollywood. Había *golden boys* tras la estela de William Holden y *brunettes* al estilo de Hedy Lamarr.

Los castizos nombres de las calles de Malate se habían cambiado por los típicamente americanos de Nebraska o Dakota. En los salones de los grandes hoteles y en las salas de fiesta los *kundimans* de Francisco Santiago alternaban con las canciones de Cole Porter. Los bailes públicos de Rodríguez Park atraían a un gran número de personas, deseosas de diversión. El tango argentino y el fox-trot estaban de moda, y en cuanto a espectáculos se podía elegir entre un cuadro flamenco u otro de danzas balinesas.

La vida nocturna se concentraba en el *red quarter* del distrito de Ermita. Bares americanos y *night clubs* habían ido proliferando en los últimos años a lo largo de las concurridas calles de M.H. del Pilar y Hamilton, y extendiéndose hacia Dewey Boulevard y las inmediaciones del Bay View Hotel. Nada tenían que envidiar a los cabarets y clubes nocturnos de otras famosas ciudades del mundo. Allí estaban los célebres Alcázar, el Silver Slipper —donde cantaba el obeso Manolín Earshaw— y el Santa Ana —«el más grande del mundo»—, como rezaba la propaganda.

Barrio de Ermita. Entre las decenas de locales nocturnos se encuentra el Victor's, en la calle Hevia; un club donde no suelen parar los turistas, pero que frecuentan sobre todo residentes extranjeros. No es mejor ni peor que otros de su estilo; es, como los demás, un sitio donde pasarlo bien consumiendo alcohol, tabaco y chicas, generalmente por este orden. Ahora, acerquémonos. A la entrada del Victor's vemos un pequeño jardín, con franchipanes y quimbombos, que sirve eventualmente de aparcamiento. Un coche, un oldsmobile convertible, negro, modelo 1937, acaba de estacionarse y un hombre de mediana edad, estatura baja, orondo, vestido con un traje de lino de color blanco, se baja de él. El tipo se dirige a la entrada del local. El portero, un malayo de casi dos metros, le saluda y le da las buenas noches. El individuo le devuelve el saludo sin mirarle y traspasa la puerta de entrada. Pasa por el hall, la sala de juegos donde rugen y escupen monedas las máquinas tragaperras, y entra en la sala de baile donde en aquel momento una pequeña orquesta está tocando *Charmaine*.

Ahora el individuo avanza hacia la barra y se sienta en uno de los taburetes. Se le acerca Potenciano, el camarero, le saluda por su nombre —buenas noches, señor Hauptmann— y le pregunta qué es lo que desea. El cliente le dice que lo de siempre. Lo de siempre es un *Victor's dream*, un cóctel de la casa a base de ginebra holandesa y crema de coco. Mientras el camarero prepara el combinado el tal Hauptmann enciende un cigarrillo, mira el reloj y observa la pista de baile en la que unas pocas parejas bailan ajenas al resto del mundo.

Potenciano le sirve el cóctel. Hauptmann lo prueba. El camarero le pregunta si está a su gusto y Hauptmann asiente. Lo ha dicho en inglés, cargando las erres, con un fuerte acento alemán. Luego vuelve a mirar el reloj. Son las 22:15.

Una chica —una de la media docena de *taxi-girls* que a aquella hora se hallan disponibles en local— se levanta de la mesa donde estaba charlando con otra compañera, se acerca a la barra y se sienta en el taburete de al lado del que ocupa *herr* Hauptmann.

La chica extrae de su pequeño bolso una pitillera plateada y de ésta un cigarrillo aplanado, egipcio.

—¿Me da fuego, por favor? —dice la chica.

Hauptmann saca del bolsillo con cierta desgana un encendedor y le da lumbre.

—Muchas gracias.

La chica da una calada y luego echa el humo lentamente, hacia arriba. Se vuelve a su vecino de barra y le dice:

—¿Le apetece bailar?

—Lo siento, estoy esperando a una persona.

—Pero, mientras tanto...

—Le he dicho que no.

Ante la rotunda negativa, la chica no insiste y se va.

Dos *Victor's dream* más tarde, Hauptmann es saludado por un cliente que se acaba de sentar a su derecha. El cliente es Ximénez de Gardoqui.

—Siento retrasarme —dice el español.

—Sabe que no soporto los retrasos. Habíamos quedado a las diez y veinte. En punto.

—Repito que lo siento, Hauptmann. No volverá a ocurrir.

—¿Tiene lo que le pedí?

La orquesta ha terminado su pieza y las parejas que bailaban, de regreso a la tierra, han vuelto a ocupar sus sitios en las mesas. Disimuladamente Ximénez desliza un sobre color mostaza junto a la copa vacía de Hauptmann. Éste lo recoge inmediatamente y se lo guarda en el bolsillo interior de la americana.

—Recibirá más instrucciones en los próximos días —dice el alemán—. Y procure no hacer tonterías.

—Descuide. Todo marcha bien, según lo convenido. Por cierto, ¿quiere tomar algo?

—No, pero le dejo que pague mi consumición.

Herr Hauptmann se levanta del asiento. Antes de irse se vuelve a Ximénez y le dice:

—Hágame un favor, cambie de colonia. La que usa apesta.

Ximénez permanece en la barra. Potenciano le ha servido un coñac que se ha bebido de un par de tragos. La chica que antes se había acercado a Hauptmann, cuyo nombre es Graciela, se halla ahora sentada al lado de Ximénez.

—¿Y bien? ¿Has conseguido algo? —le dice Ximénez.

—Sí, que me dé fuego.

—¿Nada más?

—Nada más. Me ha largado de mala manera. Es un tipo repugnante.

—No hace falta que lo digas. Ahora escucha, Graciela. Necesito la información que te pedí. Y la necesito cuanto antes. La próxima vez que aparezca por aquí el alemán tienes que camelártelo como sea. No me importa cómo lo hagas, eso es cosa tuya, pero, por favor, hazlo.

—No sé si podré. Me da que es *bakla.*

—¿Marica? ¿Tú crees?

—Tengo buen olfato para eso.

—Pues no lo parece. Bueno, da igual. Sólo tienes que mirar en su cartera. Es cuestión de segundos. Miras su cartera, memorizas los datos y ya está.

—Tú lo ves todo muy sencillo, pero no lo es tanto. Hauptmann no es de esos tipos que se dejan convencer fácilmente.

—Lo sé. Pero, al menos, inténtalo.

La orquesta ataca otra pieza. Las luces se atenúan y la pista de baile se va llenando poco a poco de parejas. De repente Ximénez se dirige a Graciela y le dice:

—Oye, Graciela. ¿Qué opinas de mi colonia?

La chica se le queda mirando, un tanto sorprendida. Luego le contesta:

—Las he olido mejores.

La orquesta está interpretando un bolero: *Cuando entras, mi amor, en mi bahay.* Ximénez se acerca a Graciela y le susurra unas palabras al oído.

Al cabo de unos minutos los dos se pierden en la intimidad de un reservado.

DOS

Desde hacía cinco años Filipinas gozaba de una nueva constitución, aprobada en plebiscito, en la que se preveía la independencia del país en 1946. Las elecciones a los órganos de la Commonwealth tuvieron lugar en septiembre de 1935 y de ellas salió elegido presidente el nacionalista Manuel L. Quezón. Pese a las protestas de honestidad y transparencia, la política seguía por los tradicionales cauces del caciquismo, la endogamia y la corrupción. La economía prosperaba, las inversiones, sobre todo extranjeras, aumentaban, y las grandes fortunas del país se hacían cada vez más grandes. Habían pasado los alocados años de la «fiebre del oro» y del «furor minero» que tantos dividendos habían proporcionado a los grandes *trusts* americanos. Atrás quedaba también el intento de Mr. Firestone de convertir el archipiélago en una inmensa plantación de caucho.

A pesar de todo, los intereses americanos continuaban siendo muy fuertes y eran vistos con el mayor de los recelos por otros países, como Japón, deseosos de ampliar sus horizontes en aquella parte del mundo. En los mentideros políticos y en las conversaciones de salón se hablaba ya sin ambages del «peligro amarillo» y de un quintacolumnismo japonés que, solapadamente, laboraba preparando el terreno para una futura invasión. Esta última no parecía descabellada teniendo en cuenta la creciente penetración nipona en China. Además, la colonia japonesa en Filipinas había aumentado considerablemente en los últimos años. En Manila había unos dos mil quinientos japoneses y en Davao, la capital de Mindanao, nada menos que once mil. Eran, en apariencia, discretos ciudadanos, trabajadores y respetuosos con la ley y las costumbres filipinas. Sin embargo, no dejaban de constituir un entramado potencialmente favorable a una posible anexión por parte de sus compatriotas. Desde la Oficina de Propaganda Japonesa en Manila no se recataban en cantar las glorias del Imperio y en los medios de comunicación no faltaban las voces de periodistas favorables a la «orientalización» de Filipinas frente a la «americanización» rampante que se había apoderado de las islas.

Uno de estos periodistas era Takeo Kobayashi, que utilizaba el pseudónimo de *Tak*. Su columna en el *Manila Enquirer* era muy leída, aunque sus opiniones eran escasamente compartidas por la mayoría pro-americana y, naturalmente, por los nacionalistas. Con sus partidarios y detractores, Kobayashi era una personalidad controvertida. Solía ser invitado a los banquetes y fiestas que daba la alta sociedad manilense, más por su popularidad que por sus ideas. Se le veía en estos acontecimientos sociales departiendo animadamente no sólo con significados «hermanos de raza», sino también con influyentes hombres de negocios y políticos de variada afiliación. Su simpatía y don de gentes ayudaban a romper los recelos que suscitaban sus incómodas ideas.

De Takeo Kobayashi se sabía en realidad muy poco. Su biografía oficiosa, facilitada por el *Enquirer*, decía que había nacido en Bacalod, en la isla de Negros, de padres japoneses, y que siendo niño había emigrado con ellos a Estados Unidos. En California había estudiado Ciencias Políticas en la Universidad de Stanford y comenzado a ejercer el periodismo en periódicos locales. En Manila llevaba un par de años. En este tiempo había logrado hacerse un hueco en la prensa y radio locales. Se le tenía por un experto en temas de política internacional y, en particular, de Extremo Oriente. Dominaba el inglés, el japonés y el tagalo; y todo el mundo reconocía, por encima de discrepancias, que a sus veinticinco años era uno de los periodistas más prometedores.

Werner Hauptmann tenía la corazonada de que la fachada japonesista de Kobayashi constituía una tapadera para ocultar lo que en realidad era: un agente al servicio de los Estados Unidos, entrenado para pasar información de las actividades y maniobras de los espías nipones en Filipinas al Cuerpo de Inteligencia americano. Hauptmann había advertido a Ximénez —que había conocido a Kobayashi en una recepción en el Consulado General de España— de que el americano-japonés podía no ser lo que aparentaba, por lo que le aconsejaba que se mantuviese alerta.

A Ximénez le caía mal *herr* Hauptmann, lo tenía por un teutón arrogante y antipático, pero estaban juntos en la misma causa y quería demostrarle que podía hacer el trabajo mejor que otros compatriotas suyos, cuyo conocimiento del país y de sus gentes distaba mucho de ser el adecuado. Ambos se habían conocido en 1934, en la sede del Instituto

Iberoamericano en Berlín, la tapadera para la propaganda nazi en los países de habla hispana que dirigía el general Wilhelm von Faupel. Al llegar a Manila Ximénez, Hauptmann le ayudó al ponerle en contacto con algunas influyentes personas del ámbito social y político. Pocos sabían el papel real de Ximénez en el consulado, pero su cargo oficial de «agregado para asuntos económicos» le había facilitado el trato con muchos representantes de los negocios filipinos, y esto era muy importante si uno quería penetrar en el cerrado coto social que constituían las pocas familias que manejaban el mundo de las finanzas y de los negocios en Filipinas.

Entre estas privilegiadas familias se contaban varias de origen español, instaladas en las islas desde la época de la dominación española. Su influencia era manifiesta, no en vano el volumen de sus negocios era espectacular y abarcaba los más variados sectores agrícolas e industriales.

Ximénez solía ser invitado a las selectas fiestas que daban dichos magnates en sus lujosas residencias. Gracias a una estudiada estrategia y a su natural campechanía, había logrado caer bien a la mayoría de los empresarios hispanofilipinos, que veían en él no sólo a un compatriota que compartía con ellos una especial veneración por España, sino a alguien a quien recurrir a la hora de *agilizar* algún enojoso y lento trámite burocrático en la Cámara Oficial Española de Comercio o en la Oficina de Licencias de Importación.

De estas relaciones había sacado Ximénez algunas confidencias que de otra manera le hubieran sido muy difíciles, si no imposibles, de obtener; entre ellas la tácita «no beligerancia» en caso de una hipotética ocupación japonesa, siempre que respetasen sus negocios y propiedades.

Pero seguramente esta actitud no hubiera sido tan franca y abierta si el propio Ximénez no hubiese antes contribuido, con su refitolera fraseología falangista, a atizar los rescoldos del antiamericanismo que todavía anidaba en muchos de ellos desde la infamante pérdida de la colonia. En este contexto, Ximénez había aprovechado para presentar a Kobayashi a algunos de los españoles más inclinados hacia sus ideas. La sintonía había sido completa. No era casualidad que poco después de estas primeras presentaciones *Tak* escribiera dos artículos en el *Manila Enquirer*, traducidos a la semana siguiente al castellano en *El Debate*, alabando en el primero la rica herencia dejada por los españoles en el archipiélago, y en el segundo el esfuerzo y la iniciativa de los empresarios españoles en pro de la buena marcha de la economía filipina.

TRES

Fundada Manila en 1571, en la orilla izquierda del río Pasig, tocante a la bahía, don Miguel López de Legazpi se aprestó a hacer de ella la cabecera de los nuevos territorios conquistados. Abigarrado caserío de caña y nipa en un principio, al modo indígena, con el tiempo se irá transformando en una ciudad con murallas y edificios de cal y canto, utilizando para ello la piedra volcánica denominada adobe, proveniente de las cercanas canteras de Guadalupe y Meycanyan. Surge así un nuevo diseño urbano, al tiempo que van formándose extramuros otros barrios de población indígena o de origen chino, en torno a los cuales surgen nuevos comercios y parianes.

Pronto la ciudad ve desbordarse sus muros por el sur hacia los arrabales de Malate y la Ermita, y por el norte más allá de la margen derecha del Pasig, hacia las tierras fértiles rodeadas de esteros. Mejoradas en el siglo XVIII las defensas de Manila en sucesivos proyectos y ampliado el castillo de Santiago que señorea a la entrada del río, Intramuros adquiere así el aspecto definitivo de una vetusta ciudad fortificada. De modo que cuando el general Douglas MacArthur, ya en pleno siglo XX, escoge el edificio número 1 de la calle Victoria, en Intramuros, como cuartel general de la USAFFE (United States Armed Forces in the Far East), el histórico recinto todavía conserva, aunque bastante ajado, un aire de melancólica decrepitud.

Es en este edificio gris de la calle Victoria, de aspecto anodino, donde trabaja el capitán Romualdo *Rummy* Cumplido. Lo hace habitualmente en la Sección G-4, dedicada a «Planes y Operaciones», pero su verdadera función sólo es conocida por un pequeño grupo de personas, entre ellas su jefe directo, el comandante Eugene Bailey.

Pese a su edad —veintisiete años— el capitán Cumplido posee ya una abultada hoja de servicios. Originario de una pequeña aldea de la provincia de Ilocos, había entrado en la USAFFE procedente de la Philippine Scout, cuando MacArthur, a instancias de su amigo el presidente Quezon, requirió mandos capaces para hacerse cargo del adiestramiento de los miles de reclutas filipinos que habían de engrosar el ejército conjunto americano-filipino.

Cumplido había comenzado a estudiar en la Universidad de Filipinas la carrera de Medicina, pero no pasó del segundo curso. En su lugar prefirió dar un vuelco a su vida y embarcarse en un carguero para ver mundo. De esta forma viajó a Australia, a Nueva Zelanda y a las islas del Pacífico. En una escala en San Francisco dejó el puesto de marinero y se quedó en California unos meses trabajando en granjas del valle de San Joaquín, recolectando lechugas y brócolis. Luego regresó a Filipinas y se enroló en los *scouts*. En las largas y tediosas travesías en barco se aficionó a la literatura. Como otros jóvenes de su generación era angloparlante, si bien continuaba hablando con su familia el ilocano. Le gustaba escribir poesía, y había logrado editar un libro de poemas, en inglés, titulado *Hands across the Pacific*, muy en la línea de la poesía comprometida de su compatriota Carlos Bulosan, a quien había conocido casualmente cuando trabajaba en una granja de Fresno.

Y ahora, en una calurosa mañana de junio de 1941, vemos a Rummy Cumplido en su pequeño despacho. Parece inquieto, se mueve constantemente de su mesa al archivador, hojeando papeles, abriendo y cerrando dosieres y guardándolos de nuevo. Hasta que finalmente sus manos se detienen en una carpeta azul que lleva estampado el sello de «ESTRICTAMENTE CONFIDENCIAL». Entonces lo abre y sus ojos se detienen en la primera página mecanografiada que reza: «Informe 257/39: Ximénez de Gardoqui, José A.». Una sonrisa apenas esbozada se le escapa a Cumplido justo en el momento en que llaman a la puerta. Es la cabo primero Sagrario Tarlac, secretaria del comandante Bailey, que le dice «lo siento, querido, pero el jefe quiere verte ahora mismo».

A la misma hora en que el capitán Cumplido está hablando con su jefe, en un apartamento de la calle Kansas, en Ermita, Kate Ferguson ha acabado de ducharse sin importarle demasiado que un par de cucarachas floten ahogadas en la bañera. Está acostumbrada y, además, las ha visto más grandes. De modo que se seca, se pone una bata de seda y se va a la cocina a prepararse un café. Luego enciende un pitillo y se sienta frente a la máquina de escribir. En la hoja de papel sólo figura, a la cabeza, el título: «Una historia del corazón de las tinieblas». El resto está en blanco.

Se había comprometido con la revista *Harper's Bazaar* a escribir una serie de tres reportajes sobre personas y aspectos pintorescos de Filipinas. Ya había escrito dos: uno sobre Anita Page, la actriz del cine mudo que vivía retirada y felizmente casada con un militar americano destinado en la base de Cavite; y otro sobre una tribu de aetas o negritos de las montañas de Luzón. Pero ahora, en el tercer artículo, se siente insegura, no encuentra el tono adecuado y le entran las dudas.

Un par de horas después suena el timbre de la puerta. Es Rummy Cumplido.

No era la primera vez que a Rummy le entraban las prisas por ver a Kate. Se habían conocido un mes antes en el Army and Navy Club y mantenían una buena amistad. Kate había venido a Filipinas a buscar localizaciones para un guión de una película sobre la guerra hispano-americana. Se lo había encargado Sam Goldwyn y pretendía ser una gran superproducción; pero a poco de llegar a Manila Kate recibió un telegrama notificándole que se cancelaba el proyecto. En vez de hacer las maletas y volver a su país, Kate optó por quedarse un tiempo más y aprovechar la oportunidad para hacer algunos reportajes como periodista *free-lance*.

—Hola, Rummy.

Rummy se acercó y la besó en la mejilla.

—Venga Kate, prepárate, nos vamos a cenar.

—Pero estoy trabajando, ahora mismo…

—No importa. Ya tendrás tiempo más adelante. Necesito charlar contigo.

CUATRO

Especie imperforada, oval-conoidea, sólida, brillante, lisa en la apariencia, pero con finísimas estrías entrecruzadas sólo visibles con la lente; blanca, con zonas transversales de un purpúreo muy pálido o intenso, y otra de color negro que rodea la columnilla, debajo de una epidermis muy fina, de color verde, que va desapareciendo hacia la parte superior; espira cónica, algo obtusa en el ápice, que es blanco, rosado o purpúreo...

Don Pedro Correa observa una y otra vez, con el auxilio de una lupa, la pequeña concha marina que tiene en sus manos. Tras un primer examen su experiencia le dice que puede tratarse de un ejemplar ya conocido de coclostila, pero su nerviosismo va en aumento a medida que va reconociendo, uno a uno, los rasgos característicos de una *Cochlostyla quadrasi*, una rara especie que ha estado buscando durante años y que falta en su copiosa colección de conchas. Don Pedro relee la descripción taxonómica que de esta especie proporciona el zoólogo González Hidalgo en su monografía sobre la fauna malacológica de Filipinas:

...consta de seis vueltas, un poco convexas, la última más corta que la espira; abertura oval-truncada, blanca por

dentro, dejando traslucir algo las zonas exteriores; borde derecho poco grueso, apenas extendido, de color blanco, rosado o purpúreo; columnilla casi recta, blanca... Parece que no hay duda. Don Pedro empieza a sacar bandejas repletas de conchas con objeto de cotejar el ejemplar con otros del mismo género o similar. Es de los pocos particulares que pueden permitirse una operación de estas características sin recurrir a un museo; no en vano su colección conquiológica está considerada como una de las más importantes de toda Asia y, desde luego, la primera en especies filipinas.

La colección la había iniciado su abuelo, don Patricio, el primero de su saga en venir a Filipinas y fundar un pequeño imperio con las plantaciones de caña de azúcar. Con la colaboración de una nutrida red de corresponsales residentes en diversas islas del archipiélago, logró engrosar la colección en un tiempo relativamente corto. Luego, al morir don Patricio durante la guerra de la independencia filipina —fusilado por una partida de guerrilleros— la colección pasó a manos de su hijo Pedro que, movido por la misma afición que su abuelo, la amplió considerablemente, volviendo a montar por su cuenta una red de proveedores no sólo en Filipinas sino también, y gracias a los enlaces comerciales de su compañía, en países como Japón, Borneo y Australia.

Por último, don Pedro procede a medir con un pie de rey el espécimen. Los valores coinciden al milímetro con las medidas del ejemplar de referencia descrito por González Hidalgo. Definitivo: se trata de una *Cochlostyla quadrasi*, de la variedad de *testa peripheria fusco unifasciata*.

Mientras una oleada de gozo invadía a don Pedro en su gabinete de estudio, abajo, en el salón de su lujosa mansión de Sinalong, en las afueras de Manila, sus invitados bebían y charlaban distendidamente, ayudados por el reconfortante surtido de bebidas y *delikatessen* puesto generosamente a su disposición.

No eran muchos, pero sí selectos. Allí estaban algunos de los más conspicuos representantes de la colonia española: Eugenio Trabal, ex director del Banco Español Filipino, propietario del periódico *El Heraldo de Manila* y vicepresidente del Club Rotario; Gumersindo *Sindito* Giménez, gran amante del polo, con intereses en los sectores de la copra y el abacá y presidente de la Asociación de Plantadores; Florentino Santacreu, *don Floro*, dueño de Destilerías Manileñas, de minas de cobre en Cebú y de oro en Mindanao; y, por último, aunque no menos importante, Rodolfo Echevarría, tenista de postín, vocal de la junta directiva del Wack-Wack Golf Club y socio en algunos negocios del poderoso Andrés Soriano, propietario éste último, entre otras empresas, de las cervecerías San Miguel.

Sólo uno de los invitados no pertenecía a este reducido círculo de potentados y éste era José Alfonso Ximénez de Gardoqui. Parecía un tanto desplazado en la reunión, pero era el propio don Pedro quien lo había invitado, y esto le ponía en una situación de igualdad con los demás, al menos a la hora de disfrutar del piscolabis. A algunos de ellos, como Echevarría o Trabal, los conocía y los había tratado con anterioridad, pues eran de los suyos, es decir, falangistas.

Ximénez se limitaba a observar y a escuchar. De vez en cuando asentía. La conversación, a varias bandas, giraba en torno a la crisis económica y a la guerra en Europa.

—Creo que van a bajar las acciones de celotex —decía Sindito.

—Me han dicho que ahora es el momento de invertir en azucareras —aconsejaba Soriano.

—Ya lo decía anteayer el editorial de mi periódico: «Se acercan tiempos de crisis para todos» —apostillaba Trabal.

—La gente, sin embargo, lo que quiere es divertirse —apuntaba Echevarría.

—Mientras sigan bebiendo mi ron... —terció don Floro.

La reunión transcurría por derroteros previsibles cuando apareció en el salón don Pedro. Se hizo un respetuoso silencio, que se rompió enseguida cuando Sindito, adelantándose a los demás, instó al dueño de la casa a unirse a la conversación. Don Pedro rehusó cortésmente y luego dijo:

—Ximénez, venga conmigo. Tengo que hablar con usted.

Ximénez dejó la copa de coñac y, ante la mirada curiosa y algo perpleja de los circunstantes, siguió obediente los pasos de don Pedro.

Entraron en la sala de juegos. Una lujosa mesa de billar, de madera de camagón, presidía el centro de la habitación.

—¿Hace una partida? —preguntó don Pedro.

—Lo siento, no sé jugar —respondió Ximénez.

Mentía. Sabía jugar al billar. De hecho, se creía un virtuoso del taco, pero le fastidiaba tener que dejarse ganar por un aficionado.

—Bueno, entonces sentémonos. ¿Un purito? —dijo don Pedro ofreciéndole una panetela de su fábrica de tabacos «La Flor de Cagayan».

—Gracias.

Se sentaron en sendos sillones de ratán.

—Se preguntará —comenzó diciendo don Pedro— por qué le he hecho venir. Verá, soy un hombre bastante ocupado. Mis negocios requieren dedicación y no dispongo de mucho tiempo para fiestas y reuniones sociales, de modo que, una vez al mes, suelo reunir a varias personas a las que debo invitación. Ya sé que no es una forma muy protocolaria, pero así despacho varios asuntos de una tacada. Espero que haya disfrutado de sus acompañantes y del buffet. Bien, a lo que iba. Si le he invitado es porque quiero agradecerle personalmente su espléndido obsequio. Es un magnífico ejemplar, de verdad. Faltaba en mi colección y ahora ya lo tengo. Y eso se lo debo a su gentileza.

—Qué menos que complacerle en estos pequeños entretenimientos de la vida, después de lo mucho que ha hecho usted por nuestra causa. Y no lo digo únicamente desde el punto de vista material.

—Gracias, pero dígame una cosa, Ximénez, ¿de dónde sacó la conchilla?

Ximénez esperaba la pregunta, pero no de forma tan directa.

—Un amigo mío, residente en Bohol, es aficionado a coleccionar conchas marinas, y me permití pedirle una que fuera un poco rara, sabedor de que a usted le podría interesar.

—Claro, claro... ¿Y su amigo la recogió en Bohol?

—Eso me dijo.

—Curioso, porque en este caso sería la primera *Cochlostyla quadrasi* que se recolecta fuera de la isla de Marinduque.

—Es curioso, sí.

Ambos permanecieron callados durante unos segundos. Luego don Pedro habló:

—Y otra cosa, ¿cómo podría ponerme en contacto con su amigo de Bohol?

—Es un poco difícil, porque vive en una casa aislada en medio de la selva y no tiene teléfono.

—Entiendo.

—De todos modos, si usted quiere, podría hablarle de su interés por...

—Gracias, amigo Ximénez. Es usted muy amable. Por supuesto le compensaré por las molestias...

—No tiene por qué, don Pedro. Con mucho gusto trataré de convencer a mi amigo.

—Estaré pendiente de sus gestiones.

Don Pedro apagó el cigarro y se levantó del sillón dando por concluida la entrevista.

—¿Sabe una cosa, Ximénez? —le dijo el dueño de la casa mientras se dirigían hacia la puerta—. A veces pienso qué sería de mi vida sin mis conchas.

Ximénez no supo qué contestar, pero la altísima valoración que don Pedro daba a su colección no le pasó desapercibida.

Había acertado regalándole aquella «birria de caracol», que es lo que pensó Ximénez cuando la vio por primera vez. Los años pasados en Filipinas le habían convertido en un experto en aficiones y debilidades de los miembros de la colonia española. Para conseguir la pieza de marras había tenido que recurrir a la inestimable colaboración de un amigo suyo y camarada falangista, que no residía en Bohol, sino en Madrid, y que trabajaba de conserje en el Museo Nacional de Ciencias Naturales. Sabía Ximénez que el procedimiento no era muy ortodoxo, pero todo fuera por la causa.

Al marchar, le volvió a mostrar su disposición.

—No se preocupe, don Pedro, le tendré informado.

—Eso espero. Cuídese.

CINCO

Según el libro de viajes *Filipinas*, de Mr. Bowring, de mediados del siglo XIX, el populoso arrabal de Tondo era el principal abastecedor de Manila en cuanto a leche, queso y manteca. Cien años más tarde, Tondo continuaba siendo un barrio populoso pero sus lecherías habían dejado paso a otro tipo de establecimientos, de dudosa reputación, frecuentados por gente marginal y del hampa. Uno de estos locales de mala nota era El Lagarto Verde, un tugurio donde se jugaba a los prohibidos y se traficaba con anfión. Su propietario era un mestizo chino apellidado Copang, que en tiempos había hecho una pequeña fortuna amañando peleas de gallos, contradiciendo así el viejo proverbio del país que dice que un seguidor de las riñas de gallos, sea quien sea, es un hombre de respeto. El local había sido clausurado varias veces por infringir la ley, pero siempre lograba salir a flote de nuevo. A este propósito se decía que Copang se valía para ello de un alto funcionario municipal, un pederasta inconfeso y aficionado a desvirgar niñas con billetes de diez pesos, al que tenía amenazado con denunciarle.

Uno de los parroquianos habituales de El Lagarto Verde era un individuo de sospechosa catadura llamado Silverio Gómez, más conocido en el barrio y en los bajos fondos como *Cold Silver* —por su sangre fría—, el Loco Silverio —por su carácter voluble e impredecible— y también el Chino —no se sabe por qué—. Su oficio era el de matón y asesino a sueldo. A él se acudía para un ajuste de cuentas, el pago de una deuda o una «liquidación». Era un profesional y como tal cobraba según tarifas; caras, según decían. Al parecer los clientes solían quedar satisfechos, aunque algunos se quejaban de que se le iba la mano con demasiada facilidad y propendía al exhibicionismo.

Quien quería contactar con él lo tenía fácil. Todos los martes por la noche Silverio se iba a El Lagarto Verde, se sentaba en una mesa que Copang le tenía reservada, pedía un vaso de leche de coco con canela y aguardaba a que llegase alguien a contratarle. Allí, en su puesto, se podía pasar una hora o dos, viendo a lánguidas bailarinas de *strip-tease* despojarse sin gracia de sus ropas. Luego entraba en el excusado, se masturbaba y se iba.

Aquel martes Silverio estaba como de costumbre sentado en su mesa, frente a un vaso de leche de coco y viendo a las chicas desvestirse rutinariamente, cuando un visitante, al que no había visto nunca, se le acercó y le dijo:

—¿Es usted al que llaman *Cold Silver*?

El visitante era Werner Hauptmann quien, venciendo su repugnancia, se había dignado a ir a aquel antro dispuesto a encargarle un pequeño trabajo. Sus informadores habituales le habían hablado de varios «ejecutores», y si al final se había inclinado por *Cold Silver* era porque le habían dicho que con las mujeres era particularmente eficaz.

—Preferiría que me llamase Silverio —contestó el interfecto sin mirarle a la cara.

—Como quiera, Silverio. He venido a encargarle un trabajo.

—Usted dirá.

—Se trata de hacer cantar a una persona. Que desembuche lo que sabe: a quién espía, para quién trabaja, ya sabe... ese tipo de cosas. Cosa fácil.

—No hay cosas fáciles, sino profesionales habilidosos.

—Claro, claro...

—Le recuerdo que suelo cobrar la mitad por adelantado.

—Sí, eso me han dicho, aunque preferiría pagar una vez finalizado el trabajo. ¿No se fía de mí?

—En mi profesión no podemos fiarnos de nadie.

Hauptmann saca de la cartera un fajo de billetes y se lo da a Silverio. Éste cuenta los billetes uno a uno y luego se guarda el fajo, doblado, en el bolsillo trasero del pantalón.

—De momento basta —dice Silverio—. Ahora dígame quién es el fulano y dónde puedo localizarlo.

—Es una mujer. Atiende por Graciela en el Victor's Club, en Ermita.

—Ahora dígame exactamente lo que tengo que preguntarle.

Hauptmann le dice el tipo de información que quiere obtener de la chica.

—Sobre todo —le dice el alemán— quiero discreción. Y no apure más de la cuenta, ¿me comprende?

—¿Por qué dice eso?

—Porque me han dicho... En fin, se dice por ahí que tiene el gatillo fácil.

—Tonterías.

—No pretendía molestarle.

—Déjeme hacer las cosas a mi estilo y no se arrepentirá.

—De acuerdo. Por cierto, ¿dónde puedo encontrarle que no sea este sitio tan poco acogedor, por llamarlo de alguna manera?

—No se preocupe. Déjeme sus señas y tendrá noticias mías en cuanto haya despachado el asunto.

Entonces Hauptmann se levanta, le susurra algo al oído y se despide de Silverio con un «buena suerte». El otro ni siquiera le contesta porque acaba de aparecer una nueva chica en la tarima y sólo tiene ojos para ella.

Rummy Cumplido y Kate Ferguson se hallaban sentados en un banco de Dewey Boulevard. Era poco más de la medianoche y el aire suavemente cálido traía fragancias de hibiscos y sampaguitas. Una ligera brisa marina mecía suavemente las ramas de las palmeras que ribeteaban el céntrico paseo. En un cielo cuajado de estrellas la luna, blanca y redonda, se reflejaba en las quietas aguas de la bahía, como también lo hacían las luces de los barcos atracados en el muelle y de los edificios costeros.

Después de cenar habían estado paseando por el South Port. En un momento dado Rummy propuso ir a tomar una copa al University Club, pero Kate prefirió caminar un poco más y seguir disfrutando de la agradable noche manileña.

—Verdaderamente —dijo Kate con la vista puesta en el horizonte— estos momentos de placidez y tranquilidad te compensan de todo el ajetreo y los nervios del día.

—No sabría decirte, Kate. Tanta serenidad, tanta calma, me producen desasosiego. Sobre todo presintiendo lo que se avecina.

—Ya veo. Tu trabajo te está agobiando.

—No es eso, aunque ciertamente las noticias que manejamos en la Sección no son como para quedarse tranquilo.

—¿Qué quieres decir?

—Que están pasando cosas preocupantes.

—¿Y eso?

—Bueno, por ejemplo, desde hace días, el cónsul general del Japón está adquiriendo inmuebles en Manila en un número desproporcionado; el número de comunicados cifrados entre el consulado japonés y Tokio ha aumentado considerablemente en las últimas semanas; el número de monjes budistas venidos a las islas, se supone que para hacer proselitismo, también ha aumentado considerablemente...

—Para, para. ¿Qué pintan los monjes budistas en esta historia?

—¿Has leído las crónicas de Carlos P. Rómulo en el *Herald*?

—Sí, algunas.

—Bueno, pues una de las cosas que dice es que, durante su estancia en Birmania, los monjes budistas eran acérrimos partidarios de los japoneses y que apoyaban sin reservas su política expansionista en Asia. Y que dada la gran ascendencia que tienen entre sus seguidores se considera que ésta es una de las vías de penetración más efectivas de las ideas pro-japonesas.

—Sí, ya me acuerdo. Esto le dio pie a *Tak* para replicarle tachando las opiniones de Rómulo de «patrañas delirantes» o algo así. Pero, vamos a ver, Filipinas es un país profundamente católico, en el que los budistas no cuentan mucho...

—De acuerdo, pero no hay que infravalorarlos. Además, los obispos católicos y las órdenes religiosas también tienen sus propias ideas al respecto. A los dominicos de la Universidad de Santo Tomás el ramalazo reaccionario les sale en cuanto les rascas un poco. Nunca nos han visto con buenos ojos. Para ellos, al menos para una parte de los curas españoles, los americanos son imperialistas protestantes, que vinieron aquí de malas maneras a cambiar las creencias religiosas y las sanas costumbres de los indígenas heredadas de los españoles. Y en esto tienen razón. ¿Cómo les vamos a caer simpáticos? Tampoco es de extrañar que hayamos detectado un mayor intercambio de información entre el consulado español y el alemán. Hemos seguido a un tal Ximénez y hemos constatado que se ha visto con tipos que tenemos fichados como filojaponeses. Pero no sé por qué te estoy contando todo esto...

—Perdón, ¿has dicho Ximénez? —preguntó Kate.

—Sí.

—¿Te refieres a un individuo de unos cuarenta años, moreno, con el pelo engominado y bigotito a lo Clark Gable?

—En efecto. Así aparece en la foto de su ficha.

—Lo conozco. Quiero decir que lo he visto varias veces. Vive en mi calle, en el edificio de apartamentos enfrente del mío. En ocasiones coincidimos en el bar a la hora del desayuno. Él suele estar en la barra. Alguna vez hemos intercambiado un par de frases convencionales, qué calor que hace esta mañana, a ver si refresca un poco, este tipo de cosas. Luego, cuando voy a pagar, el camarero me dice que estoy invitada por el señor que acaba de marcharse. Da la impresión de ser uno de estos típicos hidalgos españoles: caballeroso, orgulloso, fatuo.

—No sé si sabes que es un conocido falangista que trabaja en el consulado español, oficialmente como agregado de asuntos comerciales, pero sospechamos que trabaja también para las potencias del Eje. Se le ha visto en varias ocasiones con Werner Hauptmann, un agregado de la embajada alemana que en realidad es un espía de la Abwehr, el servicio de información de la Wehrmacht. También mantiene contactos con Takeo Kobayashi.

—No lo sabía.

—Pues no te fíes de él. Seguramente está al acecho para, en el momento oportuno, intentar hablar contigo y sacarte información.

—¿Sabes qué te digo? Que me estás empezando a poner nerviosa. Sólo falta que me digas que tenemos a los japoneses a la vuelta de la esquina.

—En todo caso no andan muy lejos.

—No se atreverán a invadir Filipinas. Este país no es Birmania, con todos los respetos.

—Ya me gustaría a mí pensar así, pero nuestra obligación (la de mi Sección, me refiero) es la de estar preparados para el escenario más negativo, e intentar combatir las maniobras propagandísticas del enemigo. He elevado varios informes a mis superiores, pero me temo que no acaban de percatarse de la situación. Me dicen que hay que estar vigilantes, que hay que seguir atentos, pero que tampoco hay que ver fantasmas donde no los hay ni alarmarse en exceso. Que, llegado el caso improbable, nuestros sistemas de defensa sabrán responder adecuadamente y abortar cualquier amago de invasión.

—¿Y no crees que sea así? —inquirió Kate.

—Creo que hemos sido demasiado condescendientes con los quintacolumnistas. Son como gérmenes infecciosos. Si no se atajan a tiempo pueden convertirse en una plaga.

—Te veo muy pesimista, Rummy. Anda, vamos. Tomemos una copa y distraigámonos un poco.

La luna seguía reflejándose en las aguas de la bahía. Lo mismo hacían las luces de los barcos y de los edificios. La brisa seguía moviendo las palmeras del bulevar y se aspiraba el perfume de hibiscos y sampaguitas. Todo parecía tranquilo, todo estaba en calma.

Lo primero que hace Silverio Gómez, alias el loco Silverio, alias *Cold Silver*, al entrar en el Victor's Club es dirigirse a guardarropía y dejar el sombrero. Luego le pregunta al primer camarero que encuentra cuál de las chicas que se hallan en la sala atiende por Graciela. El camarero le contesta que la morena del vestido fucsia que está sentada en la barra, en la esquina, con un vaso de pippermint en la mano.

Silverio se dirige a la chica y le pregunta si se llama Graciela. La chica le contesta que sí, y añade: «¿Puedo hacer algo por ti, guapo?». Silverio le dice que se abstenga de llamarle guapo y que quiere hablar con ella en privado. La chica se ha dado cuenta del aspecto facineroso del presumible cliente y vacila entre rechazar o no el ofrecimiento. La vacilación se disipa en cuanto Silverio saca de la cartera un billete de cien pesos y lo pone encima de la barra.

Han entrado en un reservado. Es una estancia pequeña, con una mesita y un par de asientos. Las paredes están forradas de una tela, ajada, que imita al terciopelo rojo. Un

ventilador de aspas, colgado del techo, no aminora la eleva-
da temperatura de la salita, pero hace el ambiente algo más
respirable.

Silverio cierra la puerta, pasa el pestillo y, a continuación, sin mediar palabra, saca la pistola de la sobaquera.
Graciela se queda parada, sin poder decir nada. Es en
este momento cuando el sicario aprovecha para agarrar con
la mano izquierda el cuello de la chica y empujarla con
fuerza hacia la pared.

—Estate quietecita y todo irá bien —le dice Silverio—.
Ahora dime y no te me escurras: ¿para quién trabajas, eh?
¿Quién es tu jefe?

—No sé de qué me habla.

—¿Ah, no? ¿No sabes qué quiero decir, putita?

Silverio saca la Luger y la coloca a la altura de la sien
de Graciela.

—O me lo dices ahora o te levanto la tapa de los sesos,
¿me oyes?

—Yo no sé...

—¿No sabes?

Silver amartilla la automática y aprieta aún más el cañón contra la sien de Graciela.

—No me hagas perder la paciencia, ¿okay?

—Yo sólo he hablado un par de veces con él, no sé
más...

—¿Quién es él? ¿Cómo se llama?

—No me haga daño...

—Cómo se llama.

—Ximénez.

—Muy bien, y ahora dime: ¿quién es ese Ximénez?
¿Dónde trabaja?

—No sé nada más, por favor, déjeme...

Silverio parece tener un momento de duda, pero luego le espeta:

—Quítate las bragas.

Graciela está tan asustada que ni siquiera le oye.

—He dicho que te quites las bragas.

Graciela se sube la falda y empieza a bajarse las bragas.

—Muy bien. Así me gustan las furcias: obedientes.

Silverio aproxima la Luger a la entrepierna de Graciela y lentamente comienza a restregarla contra su sexo.

—¿Te gusta? —le dice.

Graciela siente el acero de la pistola como la piel fría de un serpiente.

—Por favor, no siga, por favor.

Pero Silver, cada vez más animado, no le hace caso. De un golpe introduce el cañón de la pistola en la vagina de Graciela.

—¿Y ahora qué? ¿Te gusta más así? —le dice mientras mete y saca el arma con rítmico movimiento.

—Se lo ruego, no me haga daño, déjeme ya... —suplica Graciela con la voz entrecortada.

Silverio saca la pistola y la acerca a su nariz.

—Me gusta el olor de tu coño. Me excita. Ahora quiero que me enseñes tus pechos. Venga.

Graciela, asustada y rendida, se despoja de la parte superior del vestido y se desabrocha el sostén, dejando al descubierto sus senos pequeños y firmes.

En la cara de Silverio se refleja la excitación. Mientras su mano izquierda agarra con fuerza el pecho izquierdo de Graciela con la derecha mueve el arma, adentro, afuera, adentro, afuera, cada vez con mayor celeridad.

Graciela hace tiempo que tiene la mirada perdida en algún punto de la pared de falso terciopelo rojo. Su mente es un océano de pensamientos confusos.

Fuera, la orquesta acaba de interpretar *The best things of life are free*, y en medio del murmullo de la sala nadie presta atención al sonido, un poco apagado, como de descorche de champán, procedente del interior de uno de los reservados.

Sólo después, pasados unos minutos, algunos clientes observarán a un individuo, de aspecto hosco, cruzar lentamente la pista, con un aire entre impasible y desafiante. El mismo individuo que se detendrá en la guardarropía y recogerá su sombrero sin dejar propina, y que al salir del club se cruzará con el portero al que no mirará ni saludará, aunque éste sí se fijará en las llamativas manchas rojas diseminadas en su traje blanco.

SEIS

El frontón Jai-Alai estaba en su mejor momento. En la cancha dos pelotaris medían sus habilidades en la modalidad de cesta punta. El campeón Pancho Olabarrieta, de Guadalajara, México, y el aspirante Carmelo Zubiaurre, de Estella, Navarra. Las apuestas estaban tres a uno a favor del primero.

Un repaso a los diferentes pisos del local ofrecía una fiel imagen de la estratigrafía social manileña. En el piso de arriba, ajenos al juego, los pudientes; ellos con sus elegantes esmóquines y ellas con exclusivos vestidos de noche, cenaban y se divertían al son de la envolvente música de la orquesta. En el siguiente nivel, comerciantes y profesionales de clase media tomaban una copa al tiempo que contemplaban desde sus mesas, a una cierta distancia, las evoluciones de los jugadores. Finalmente en el estrato inferior, sentados en la grada, estaban los verdaderos aficionados, gente trabajadora por lo general, atentos al partido y a los apostadores que se movían y gesticulaban sin parar.

Una frase, escrita en español, tagalo e inglés, presidía el frontón:

Ximénez observaba con nerviosismo la marcha del partido. Su favorito, por el que había apostado, era Zubiaurre. Sabía que el de Estella no tenía muchas posibilidades de ganar al veterano pelotari mexicano, pero era un chaval con muchas ganas de triunfar y quizás podía dar la sorpresa. Además, era de su pueblo.

Acababa de perder Zubiaurre una pelota tontamente cuando un tipo bajito, gordinflón y aindiado, con una ligera cojera, se sentó junto a Ximénez en la grada. El tipo se llamaba Deodato *Deong* Cambalayang, alias el Cojo, y era uno de los confidentes de Ximénez que más hacía por adelgazar el fondo de reptiles del consulado.

Había un gran griterío en la cancha, pero a juzgar por la cara de estupefacción que estaba poniendo Ximénez era claro que oía perfectamente lo que el confidente le estaba soplando al oído.

—¿Cuándo ha sido? —preguntó Ximénez.

—Hará cosa de un par de horas —repuso Cambalayang.

Ximénez se quedó sin habla durante unos minutos. Entonces el público se puso en pie gritando y aplaudiendo: Olabarrieta acababa de ganar el partido.

—Joder —exclamó Ximénez.

Cualquiera que le hubiese oído hubiera pensado que era el lógico desahogo del perdedor, pero no era así.

—Dime que no es cierto, Cojo.

—Qué más querer yo, *apo*.

Ximénez se cubrió la cara con las manos. Luego le dijo a Cambalayang:

—Vámonos. Tenemos que hablar.

Salieron del Jai-Alai y se dirigieron a un bar cercano. En el bar había poca clientela: un par de viejos jugando al mahjong y una sangleyita de no más de quince o dieciséis años. La sangleyita, enfundada en un ceñido vestido estampado, se contoneaba provocativamente al ritmo de la rumba que sonaba en la sinfonola. En la barra, un tipo cincuentón, gordo, con gafas, contemplaba a la chinita con indisimulada lascivia mientras hacía girar entre los labios un enorme cigarro puro. De vez en cuando la chica miraba hacia la barra y entonces el gordo desviaba púdicamente la mirada hacia el suelo o sacudía con dos golpes la ceniza del puro.

Ximénez y Cambalayang estaban sentados en una mesa del fondo del local.

—Sospecho de quién ha partido la idea —dijo Ximénez—. Sé que van a por mí, estoy seguro, pero no se lo voy a poner fácil. Ahora escucha, Cojo: tienes que averiguar quién ha sido el hijo de puta que se ha cargado a Graciela. Muévete y procura hacerlo antes de que se entere la policía. ¿Entendido?

—Okay, *apo*. Pero necesitar pasta.

Ximénez abrió la cartera y le dio unos cuantos billetes. Entonces se dio cuenta de la cantidad de pesos que había perdido en el frontón, y no le hizo ninguna gracia.

—Pásate pasado mañana por mi despacho y te daré más. De momento apáñatelas con esto.

—Seguro.

—Otra cosa. Localiza a Lanay y dile que me llame por teléfono, que es importante. Si te pregunta de qué se trata dile que vaya amolando el bolo. El ya lo entenderá. ¿Has comprendido?

—Okay. Localizar Lanay y decir a él que amole el bolo.

—Eso es.

—¿Alguna cosa más?

—Sí. Ten cuidado. Ni una palabra a nadie. Y no me falles. Aquí nos la jugamos todos, incluido tú. ¿Entiendes?

—Entiendo, *apo*.

—Bien, ahora márchate.

Ximénez se quedó un rato más, hasta acabar la copa de coñac. Luego pagó la cuenta y se fue.

La sangleyita había dejado de moverse y ahora estaba sentada en un taburete, en la barra, enseñando muslo y charlando animadamente con el tipo gordo.

Ximénez cruzó la puerta del bar y la imagen de una Graciela muerta, destrozada, le volvió de nuevo a la memoria al tiempo que en su estómago sentía una punzada de asco y de rabia.

Respiró hondo y se sumergió en los meandros de la noche.

En las páginas de sucesos de los periódicos del día siguiente, entre las habituales noticias de asesinatos, secuestros, robos y violaciones, se incluía el siguiente escueto despacho:

BAILARINA HALLADA MUERTA
EN UN NIGHT CLUB

Una señorita que responde a las iniciales G.C. ha sido hallada muerta por arma de fuego en un conocido *night club* de la ciudad. El cadáver fue descubierto por un camarero y, según testimonios recogidos en el lugar de los hechos por la policía, se sospecha de un individuo de raza malaya, de unos treinta y cinco años, con el que se la vio hablar. La señorita G.C. era natural de Legaspi, y llevaba trabajando en dicho local seis meses.

Tanto Romualdo Cumplido como Werner Hauptmann se enteraron del crimen del Victor's Club por los periódicos, pero la reacción de uno y otro al leer la noticia fue muy diferente.

El americano leyó el suceso como una noticia más entre otras muchas que cada día tenía la obligación de repasar. Si leía alguna que le llamara la atención, la recortaba y la archivaba. Pero la noticia del presunto asesinato de una chica de cabaret no le pareció que tuviese ningún interés para sus investigaciones. Crimen pasional, sentenció Cumplido, y pasó a otra página del periódico.

Muy distinta fue la reacción de Hauptmann, pues en cuanto leyó la noticia una mezcla de sorpresa, indignación y congoja le recorrió el cuerpo hasta aflorar en su semblante lívido. Se ha pasado, el muy cabrón se ha pasado..., pensaba para sus adentros el alemán. Yo no le dije que la matara... el muy loco, se decía como exculpándose del atroz asesinato de una pobre chica a la que sólo quería asustar un poco. Nunca debí encargarle el trabajo.

Ante todo, calma, se dijo, y luego trató de pensar fríamente. Era muy importante no perder los nervios y no dar pasos en falso. Nadie tenía por qué relacionarle con la muerte de Graciela. Sin embargo, la policía investigaría el caso y podía atar algunos cabos.

Pasados los primeros minutos de estupefacción Hauptmann trazó un plan de emergencia, cuyo primer paso consistía en desaparecer de Manila hasta que amainase el temporal. Iría a Cebú, supuestamente en viaje oficial. Luego, si el peligro continuaba, recurriría al segundo plan: se embarcaría en un carguero de bandera alemana que estaba atracado en el puerto de Ilo-Ilo, aguardando instrucciones directas del consulado.

Aquella mañana Ximénez se levantó intranquilo de la cama después de un sueño espeso. No podía dejar de pensar en Graciela y en el criminal que había acabado con su vida de manera tan despiadada. Una vez en la calle no tardó en experimentar la extraña sensación —extraña para él— de que le espiaban; de que alguien entre la multitud de viandantes —tal vez aquel hombre de las gafas ahumadas que aparentaba leer el periódico, o aquella mujer de la sombrilla roja que miraba un escaparate— estaba siguiendo de cerca sus pasos, vigilando sus movimientos. Por un instante se sintió extremadamente incómodo, hasta el punto de desear ser invisible a las miradas de los demás.

Al doblar la esquina de Taft con Padre Faura, se escondió en el zaguán de un edificio y esperó unos minutos. Veía desde la penumbra a la gente de la calle pasar indiferentes a su situación. Allí, agazapado y probando por primera vez desde hacía tiempo el sabor de la angustia, escrutó los rostros anónimos temiendo que alguno de ellos correspondiese al de su perseguidor, pero no acertó a reconocer a nadie.

Llegado a la calle Colorado, en el distrito de San Marcelino, atisbó el Luis Pérez Samanillo Building, sede del consulado español, y se sintió más seguro. Una vez en el consulado lo primero que hizo fue encerrarse en su despacho. Tenía que poner en orden sus pensamientos y aplacar un poco los nervios. El resto de las personas podían permitirse estas debilidades, pensó; pero él, no.

En la mesa del despacho, al lado de un manual de lengua japonesa, había una nota tomada por la telefonista media hora antes de su llegada. La nota decía:

A las 08:45 ha llamado un señor preguntando por Vd. No ha querido decir su nombre. Ha dejado el mensaje siguiente: Que le diga que ya tiene amolado el bolo.

Marita

Lanay, pensó Ximénez.

Severino Lanay era originario de algún lugar de las montañas de Luzón. Según decían algunos pertenecía a una tribu de igorrotes, concretamente a los ifugaos, gente belicosa y cruel, temidos «cazadores de cabezas». De esta ancestral costumbre le habría quedado a Lanay su habilidad en el manejo del bolo. También se decía que pertenecía a una secta secreta cuyos miembros practicaban la antropofagia y ofrecían en sangrientos rituales sacrificios humanos a sus ídolos protomalayos.

Ximénez no conocía a Lanay personalmente. No lo había visto ni tenía interés en hacerlo; pero había recurrido a él para sacarle de algún apuro y para endilgarle los trabajos más sucios. Los arreglos y encargos los negociaba Ximénez a través del cojo Cambalayang. No lo hacía sólo por precaución, sino básicamente porque odiaba verse mezclado con individuos cuyo trato le parecía impropio de un caballero.

Esta vez tenía que reconocer que el asunto era más grave y la acción a llevar a cabo de mucha mayor responsabilidad, por lo que precisaba de una gran discreción. Ximénez no se había echado para atrás en su deseo de que Lanay se cargase al asesino de Graciela antes de que la policía le echase el guante; cosa que veía bastante difícil. De hecho, lo deseaba por un doble motivo: para vengar a la pobre Graciela y para enviarle al inductor de su asesinato un aviso inequívoco de que no estaba dispuesto a tolerar más injerencias.

Marita, la secretaria, volvió a sacarle de sus pensamientos al anunciarle que un hombre estaba esperando ser recibido y que, al parecer, tenía mucho interés en hablar con él. Ximénez le hizo pasar a su despacho. Era el Cojo. Lo primero que soltó con su peculiar acento *taglish*, antes de sentarse y coger un cigarro de la caja que Ximénez tenía encima de la mesa para complacer a las visitas, fue:

—Creo que esta vez costar más de la cuenta.

—¿Costar más trabajo o más dinero?

—Las dos cosas.

Afortunadamente Ximénez había cobrado el día anterior un cheque del Banco Español-Filipino, firmado por don Pedro Correa.

—Toma —le dijo Ximénez dándole un fajo de billetes—. Y ahora a trabajar.

—Descuide, *apo.*

Kate Ferguson hizo una pausa, dio una calada a su cigarrillo y volvió a leer lo que acababa de mecanografiar. Tenía casi concluido, a falta de algunos retoques, el artículo de reminiscencias conradianas. La luz huidiza del crepúsculo había dado paso a las sombras de la noche y en un visto y no visto la estancia quedó envuelta en la penumbra. Kate dejó de leer, puso la radio y se tumbó en el sofá. Al instante reconoció la voz algodonosa de Takeo Kobayashi en uno de los habituales comentarios de su sección «Habla, Filipinas», de la emisora KZRH.

...porque sólo desde esta asumida orientalidad, desde la afirmación de nuestra identidad asiática, podrá Filipinas desplegar su genuina personalidad y alcanzar las metas a las que, como nación, tiene derecho... Despojada, al fin, de yugos y rémoras... de la humillante dependencia americana... Y esto no se logrará si sólo miramos a Occidente, si sólo nos limitamos a adoptar cuantos rasgos, ajenos a nuestro talante y cultura, nos vengan de los Estados Unidos de América...

Kate estaba a punto de dormirse, arrullada por la retórica estupefaciente de *Tak*, cuando una interrupción de la radio, seguida de un aviso repetido dos veces, la hizo despabilarse y levantarse del sofá. Acababan de anunciar un ensayo de *black-out*.

Afuera, las sirenas empezaron a sonar. El locutor explicaba:

Este black-out durará hasta mañana por la mañana. No una hora como en anteriores ocasiones, sino toda la noche. Recuerden: ¡Toda la noche habrá black-out! Repito: Toda la noche habrá black-out. Por favor, mantengan apagadas las luces de su casa...

Kate apagó la radio y telefoneó a Rummy. No contestó. Seguramente habrá salido a dar una vuelta, pensó Kate, o quizás esté en el trabajo. Llamó al Cuartel General, pero la telefonista de la centralita le comunicó que no podía pasar llamadas particulares, sólo oficiales. Eran órdenes estrictas.

No era la primera vez que había simulacro de apagón en la capital, pero esta vez la duración y el tono imperioso habían preocupado a Kate. Quizás la próxima vez que sonasen las sirenas ya no fuese un simulacro.

En los últimos días la amenaza de un ataque japonés por sorpresa se veía como algo más que una mera posibilidad en los centros de decisión de la USAFFE. El servicio de contraespionaje se había empleado a fondo en las últimas semanas siguiendo las pistas de los agentes enemigos fichados, mientras que expertos criptógrafos trataban de descifrar las enigmáticas series de cinco números que conformaban los mensajes en clave de los japoneses.

En la mesa del capitán Cumplido dormitaba una circular interna, con instrucciones, que le había pasado su jefe, el comandante Bailey. En ella se urgía a la sección G-4 a que estrechara la vigilancia sobre el cónsul Del Castaño y otros notables falangistas españoles e hispano-filipinos, especialmente en relación con su presencia en la AFEC y su posible papel saboteador.

En efecto, era conocida por las autoridades gubernamentales la presencia de numerosos militantes y simpatizantes de Falange Exterior en la Administración Filipina de Emergencia Civil (AFEC). Algunos cálculos situaban el número de éstos en torno a diez mil. Era una exageración, pero su potencial peligrosidad no podía ser desdeñada. Tal vez ya fuera demasiado tarde para atajar el problema.

Tanto Del Castaño como Ximénez habían estado en las últimas semanas entrevistándose con personas relevantes de la colonia española, influyentes en el ámbito de los negocios y en principio adeptos a la causa, con el fin de recabar fondos y hacerles partícipes de los beneficios que, en caso de alcanzarse los objetivos propuestos, les podrían reportar. Uno de estos ínclitos personajes era don Eugenio Trabal, en cuya finca de Marikina se había celebrado recientemente una gran concentración de voluntarios falangistas de la AFEC, al objeto de ser debidamente entrenados y de recibir las consignas pertinentes. De un trabajo bien coordinado y de la dedicación individual de estos «nuevos troyanos» —como les había llamado Del Castaño en su exaltado parlamento de salutación— dependía el éxito de la operación. La organización del acto la había llevado a cabo Ximénez personalmente, y había merecido las felicitaciones del cónsul español, satisfecho de los brillantes resultados.

Para conseguir los fines propuestos eran elementos básicos el disimulo y el fingimiento, no levantar sospechas entre los ciudadanos, ser convincentes y persuasivos. La gente debía confiar plenamente en ellos y creer a pies juntillas lo que les dijeran. Esto era de suma importancia, sobre todo teniendo en cuenta que habían empezado a propalarse ciertos rumores que venían a poner en duda las verdaderas intenciones de los españoles que se habían apuntado a la AFEC. De acuerdo con estos rumores lo habrían hecho para poder boicotear desde dentro las acciones de la organización en cuanto ésta entrase en acción. De momento eran sólo rumores, y no muy extendidos.

En el folleto oficial titulado *Lo que todos los filipinos deberían saber acerca de la Propaganda*, repartido por las autoridades de la defensa civil para prevenir a los manilenses de las maniobras propagandísticas del enemigo, figuraban dos puntos. Los dos primeros, que decían:

1. Cuidado con los rumores. Que la verdad sea vuestra única guía. Haced caso de lo que os digan los oficiales y organizaciones de la AFEC.
2. Mantened la calma. Evitad la histeria y prevenid el pánico. Tened fe en vuestros líderes de la AFEC.

Así pues, estaba escrito, ellos mismos debían encargarse de desmentir los rumores; ellos dirían a la gente lo que era cierto y lo que no lo era, lo que debían creer y lo que debían rechazar. Lo que tenían que hacer y lo que no tenían que hacer. En la concentración de Marikina tanto Ximénez como Del Castaño se habían esforzado en inculcar a sus camaradas que su pertenencia a la AFEC debía ser públicamente conocida y valorada por el vecindario en los respectivos barrios y distritos. Que ellos debían ser, tras ganarse la confianza, sus guías y sus guardianes.

Uno de estos aleccionados voluntarios se llamaba Ramón Santaolalla y era administrativo en la Cámara Oficial Española de Comercio de Manila. Santaolalla se preciaba de conocer, a través de su trabajo, a gran parte de la colonia española y de ser amigo de Ximénez desde la llegada de éste a Manila. Sin embargo, Santaolalla tenía también otros amigos. De hecho, llevaba trabajando para la sección G-4, con el nombre en clave de *Aurelio*, desde hacía casi un año y había pasado ya varios informes sobre las actividades quintacolumnistas de los falangistas.

En el momento del *black-out*, cuando el lamento de las sirenas seguía oyéndose por toda Manila y las luces de las calles y de las casas se iban apagando hasta convertir a la ciudad en una enorme garganta negra, el contable Santaolalla se hallaba en el bar del Bay View Hotel, a oscuras, contándole a media voz a Rummy Cumplido las últimas novedades acerca de las actividades de Ximénez y sus hombres.

SIETE

Dado que la capacidad craneal superaba con holgura los 1.400 centímetros cúbicos y los valores de los índices cefálico, frontal mínimo bizigomático y orbitario, entre otros, se hallaban dentro de los valores usuales atribuidos a la raza malaya en el repertorio *Crania Ethnica Philippinica*, del Dr. Von Schalenberg, nada de «chino» podía inferirse, al menos desde el punto de vista antropométrico, del cráneo de Silverio Gómez que el médico forense examinaba con atención casi morbosa en la mesa de autopsias de la morgue.

La cabeza tumefacta y sanguinolenta de *Cold Silver*, cortada a cercén de un tajo limpio, había aparecido en un descampado de Pasay, separada un par de metros del resto del cuerpo. No necesitó mucho tiempo Perfecto Remediado, el comisario encargado del caso, para deducir que el autor de la degollina tenía que ser un especialista en cortar cabezas, posiblemente un igorrote, y que de estas características no había muchos entre los delincuentes fichados en el área metropolitana de Manila. Sin duda, esto era una ventaja a la hora de descartar sospechosos, pero no aseguraba su identificación y menos aún su paradero. Faltaba pensar en un móvil y luego averiguar si hubo cómplices. Faltaba saber todo.

Regresaba Ximénez de una reunión con voluntarios de la AFEC cuando, a la puerta del consulado, le asaltó Cambalayang para soltarle las últimas noticias.

—Cumplió Lanay —dijo el Cojo.

—Vamos, entra y cuéntame.

Una vez dentro, en el despacho, el confidente le informó del hallazgo del cuerpo decapitado de *Cold Silver.*

—Ahora esfúmate por unos días —le dijo Ximénez—. No quiero que te acerques por aquí bajo ningún concepto. ¿Entendido?

—Okay, *apo.* Boca cerrada no entrar moscas. ¿No decir así? Pero yo decir también: dinero ayuda a tener boca cerrada, ¿verdad?

Ximénez abrió un cajón, cogió una caja metálica, la abrió y sacó unos cuantos billetes. Se los dio al Cojo mientras le decía:

—Tu hambre de reptil es insaciable.

—¿Cómo decir?

—Nada. Espero que esto te ayude a no recordar nada del asunto.

—Oh, sí, por supuesto. Yo ser una tumba, con perdón.

—Ahora lárgate, y si ves a Lanay dile que haga lo mismo que tú, que desaparezca un par de semanas como mínimo. ¿Entendido? Y que por nada del mundo intente verme. Si tiene prisa por cobrar lo que le falta dile de mi parte que tenga un poco de paciencia y que mejor empiece a buscarse una buena coartada, por si acaso...

—Okay. ¿Algo más, *apo*?

—Nada más.

Una vez se hubo ido el Cojo, Ximénez le dijo a su secretaria que no estaba para nadie y que no le pasase ninguna llamada. Luego cerró la puerta del despacho, puso en marcha el ventilador y extrajo un cigarro de la caja de puros especiales de «La Flor de Cagayan», regalo de don Pedro Correa. Palpó el puro con voluptuosidad, lo olió, mordió la punta, escupió el tabaco y lo encendió lentamente con un fósforo. Una pequeña pero densa nube de humo ascendió en volutas hacia el techo antes de deshacerse en el aire.

Ximénez puso los pies sobre la mesa y se repantigó en su asiento. Notó un leve tirón en sus partes, lo que le obligó a acomodarse el paquete con la mano. Movió la cabeza hacia atrás, mirando al techo. Su vista se posó en las aspas del ventilador que daban vueltas perezosamente. Dio una bocanada, exhaló el humo por la nariz y, cerrando los ojos, se dispuso por unos minutos a no pensar en nada.

La mañana del lunes 8 de diciembre, festividad de la Inmaculada Concepción, amaneció algo fresquita. Era una de las fiestas religiosas de mayor arraigo y tradición en Manila. La noche anterior muchos ciudadanos se habían acostado tarde, después de haber asistido a *parties* privados o a salones de baile hasta altas horas de la madrugada.

Esto es lo que hicieron tres de ellos:

Rummy y Kate habían estado en una de las fiestas más multitudinarias que se recordaban en Manila: 1.200 soldados del 27º Grupo Bombardero homenajearon en el Manila Hotel al general brigadier Brereton con motivo de su cumpleaños. Los dos, con algunas copas de más, habían abandonado la fiesta hacia las tres de la madrugada.

Ximénez había estado con unos amigos —entre los que se encontraba Santaolalla— en el club Casa Mañana, sito en la calle Vito Cruz, esquina Dewey Boulevard. En dicho local había estado bebiendo y bailando hasta cerca de las dos, una hora temprana para él. La razón era que al día siguiente, lunes, tenía que asistir a una boda a la que habían sido invitadas algunas de las más rancias familias españolas. Se casaba la única hija de don Pedro Correa, el «Rey de la caña», con uno de los hijos de don Floro Santacreu, el «Rey del ron»; de modo que, gracias a la providencial intercesión de Cupido, se unían también en feliz connubio la materia prima con el producto destilado.

Y así se enteraron los tres del ataque por sorpresa de los japoneses a la base americana de Pearl Harbor:

Ximénez fue despertado a las siete de la mañana por el cónsul, quien se había enterado del bombardeo a las cinco, en su casa, merced al canal de información privilegiada que tenía establecido con la embajada española en Japón. Lo primero que hizo Ximénez fue llamar a don Pedro Correa para excusarse por no poder asistir a la boda de su hija «dadas las circunstancias que, como comprenderá, don Pedro, y lo siento muchísimo, exigen ahora más que nunca de todos nosotros una especial actitud». Luego se marchó con Del Castaño al consulado para estudiar la nueva situación, aguardar instrucciones y preparar la estrategia a seguir.

Por su parte, Rummy Cumplido fue levantado a las siete y media por una llamada telefónica de su jefe, convocándole a una reunión urgente en el Cuartel General. Antes de partir llamó a Kate, que estaba durmiendo plácidamente, para comunicarle la inesperada noticia. Repuesta de la sorpresa inicial, Kate intentó llamar a su casa, en California, para hablar con sus padres, pero las líneas estaban saturadas. La mayoría de los habitantes de Manila, sin embargo, oyeron el *scoop* del ataque japonés por la radio, y su primer pensamiento fue temerse lo peor. Si los japoneses habían bombardeado Pearl Harbor, ¿cuánto tiempo tardarían en hacer lo propio con Manila?

Primero la sorpresa y la incertidumbre después se adueñaron de la capital a medida que fueron transcurriendo las horas. La AFEC puso de inmediato en práctica la serie de medidas previstas para este caso. Sus miembros, incluidos los falangistas, pedían calma y trataban de orientar a la gente, pero la mayoría de ciudadanos no sabían qué hacer.

Numerosos manilenses habían iniciado por su cuenta y riesgo la evacuación de la ciudad. Los que disponían de automóvil se marcharon a pueblos de las provincias limítrofes. Otros optaron por instalarse en hoteles y balnearios de Baguio o Tagaytay. Algunos buscaron refugio en Antipolo, pensando que, en caso de ataque, los japoneses no se atreverían a bombardear el Santuario de la Virgen, símbolo mariano por excelencia para los católicos filipinos. Los menos afortunados, los residentes en los barrios más humildes, no tenían tantas opciones y tuvieron que contentarse con esperar en las atiborradas estaciones de ferrocarril con la esperanza de poder subir a alguno de los trenes con destino a Batangas u otras localidades del sur.

Aquella misma mañana la policía Constabularia recibió órdenes de hacer una redada de japoneses sospechosos de colaborar con el enemigo. Alrededor de trescientos fueron detenidos y conducidos a la cárcel de Bilibid. Entre ellos estaba Matsu, el taxidermista. Takeo Kobayashi no fue encarcelado, ya que hubo orden expresa de *arriba* por la que se le retenía en una especie de arresto domiciliario, prohibiéndosele intervenir en los medios de comunicación.

Súbditos de las potencias del Eje, alemanes e italianos principalmente, fueron también detenidos y encarcelados. Muchos de ellos, sin embargo, fueron liberados al cabo de unos días tras ser interrogados; pero la medida contribuyó a aumentar el grado de preocupación de la mayoría de extranjeros residentes en la capital.

En torno al mediodía de aquel 8 de diciembre aparecieron en el cielo de Manila cincuenta y cuatro aviones japoneses volando en doble formación. El sonido estridente de las sirenas se mezcló con el repiqueteo de las campanas de las iglesias. En sus casas la gente se asomó a balcones y ventanas. Unos salieron a la calle; otros, que ya estaban en ella, empezaron a correr en cualquier dirección. La ciudad quedó paralizada, expectante. Al final no dejaron caer sus bombas sobre el núcleo urbano, pero sí lo hicieron en la base de Fort Clark y en la pista de aterrizaje de Iba. Más tarde se enterarían de que también habían atacado centros estratégicos en Aparri, Baguio y Mindanao.

Rumores de que gran parte de la fuerza aérea de la USAFFE había quedado destruida se extendieron con rapidez sembrando aún más el miedo y la preocupación entre los ciudadanos, cada vez más convencidos de que Manila sería el próximo objetivo de los bombardeos japoneses. Para intentar combatir los rumores y tratar de restituir la moral, el general MacArthur y el presidente Quezón hicieron llegar a la población, a través de prensa y radio, mensajes de serenidad y confianza.

Pero la incertidumbre persistía.

El día concluyó con un *black-out* —esta vez ya no se trataba de un ensayo— y una tensa espera. Aquel día los manilenses se fueron a la cama —los que pudieron— con el pensamiento de que la situación podía empeorar en las próximas jornadas.

Y, de hecho, empeoró.

En los días siguientes, enjambres de aviones enemigos sobrevolaron el país en todas direcciones. Manila asistía entre enfebrecida y desconcertada a la amenaza japonesa. La gente se preguntaba: «¿Pero dónde están nuestros aviones?». La realidad era que los efectivos aéreos habían sido destruidos o quedado inutilizados tras los primeros bombardeos y, por muchas razones, no cabía esperar refuerzos de Hawai.

El desánimo y la resignación cundían entre la población a medida que se recibían las noticias de la penetración de los japoneses en el archipiélago. Entre el 10 y el 15 de diciembre los japoneses habían entrado en Aparri, Legaspi, Vigan y San Fernando. El 19 invadieron Mindanao y, un día después, desembarcaban ochenta transportes en el golfo de Lingayen.

En la capital se reforzaron rápidamente las defensas antiaéreas, en las oficinas de reclutamiento se formaban largas colas de jóvenes dispuestos a alistarse y voluntarios de la AFEC preparaban los refugios y cavaban trincheras en los parques. Los *raids* aéreos sobre el área metropolitana se intensificaron. Primero fueron los depósitos, almacenes y defensas de los alrededores de la capital; luego los *docks* de la zona portuaria. Cada vez estaban más cerca. Pero la cercanía de los *japos* se sentía de modo diferente.

Para unos, como Rummy Cumplido, representaba en cierto sentido el fracaso de la inteligencia militar y de una determinada política de defensa. Era cierto, pensaba, que el ataque de Pearl Harbor había impedido el envío de ayuda inmediata a Filipinas, pero aún así los japoneses habían entrado con excesiva facilidad en territorio filipino después de dejar inservible la flota aérea. En cuanto a los servicios de inteligencia no se eximía de culpa por lo que a él le atañía, pero le dolía que sus jefes no hubiesen hecho caso de lo que se decía en algunos de sus informes sobre actividades clandestinas y propaganda pro-japonesa.

Para otros, como Ximénez, la proximidad de los nipones era algo esperado y deseable por lo que había estado trabajando desde hacía tiempo y cuyos mejores frutos, pensaba, estaban aún por llegar. La red de quintacolumnistas había funcionado a la perfección y miembros activos de la misma se encargaban hábilmente de difundir falsas noticias para incrementar las quejas entre la población. Al tiempo, realizaban sobre todo por la noche, actos de sabotaje —quema de vehículos, explosiones en comercios— y se disparaban bengalas, de modo que la gente pensase que el enemigo ya estaba dentro.

Desde la emisora KZRH, las charlas patrióticas de Carlos P. Rómulo, ahora coronel del ejército y encargado del negociado de Radio y Prensa, en las que arengaba a los filipinos y les alertaba de las trampas y añagazas del enemigo y sus cómplices, habían sustituido a las andanadas antiamericanas y filojaponesas de Kobayashi. Sin embargo el pesimismo, que iba poco a poco calando hondo, era difícil de combatir y los hechos se imponían a los buenos deseos.

Mientras, el general Masaharu Homma avanzaba con sus disciplinadas tropas hacia la capital y los manilenses que no habían podido o querido abandonar la ciudad eran conscientes de que la caída de Manila era cuestión de días, si no de horas.

OCHO

En vísperas de Navidad la situación alcanzó un punto crítico. Las autoridades tenían que afrontar la realidad y hacerlo suponía ceder prácticamente Manila a los japoneses. Al mediodía Rummy se reunió con Kate en su apartamento para almorzar algo. Rummy apenas tenía tiempo libre y hacía días que no se veían. Pasada la fase de sorpresa inicial, Kate se encontraba, como todo el mundo, preocupada por la situación.

—¿Y ahora qué, Rummy, qué va a pasar ahora? —dijo Kate.

—No lo sé. Al parecer Quezón y MacArthur han acordado declarar Manila ciudad abierta. Piensan anunciarlo de un momento a otro.

—¿No habrá resistencia, entonces?

—No. Manila se va a perder, pero al menos esto supondrá librarla de los bombardeos y de la destrucción. De todos modos no tengo ni idea de lo que va a pasar a partir de ahora. Ni siquiera sé si voy a continuar aquí hasta el final o me van a mandar a Corregidor, Bataan o donde les dé la gana. Estoy pendiente de lo que ordenen.

—Yo ya he elegido —dijo Kate—. Me quedo aquí. Siempre he deseado ser corresponsal de guerra, y es lo que pienso hacer. De todos modos, Rummy, me gustaría que todo esto se acabara ya, que cuando nos despertemos mañana nos diéramos cuenta de que todo ha sido una pesadilla, y que todo volviera a la normalidad.

—Ya nada va a ser como antes, Kate.

Ella se mantuvo en silencio por unos minutos. Luego, cogiéndo la mano de Rummy, dijo:

—Pero todavía estamos vivos.

Entonces fue Rummy quien calló unos instantes. Luego, mirando a los ojos de Kate, le dijo:

—¿Quieres cerrar la ventana? Hay mucha luz aquí dentro...

El anuncio de la declaración del nuevo estatus de la capital como ciudad abierta cayó como un jarro de agua fría sobre sus resignados habitantes. Muchos no podían creerlo. ¿Cómo se había llegado a esta situación? Y los refuerzos que habían dicho que vendrían, ¿dónde estaban? Pero los bandos y los carteles en las calles, y el movimiento de tropas americano-filipinas retirándose a la isla de Corregidor o a la península de Bataan, no dejaban lugar a dudas.

Entretanto, la labor de intoxicación por parte de los hombres de Ximénez en la AFEC continuaba según los planes previstos. «Nada había que temer de los japoneses —se les decía a los acongojados vecinos de los barrios—. Todo irá bien, no os preocupéis. Los japoneses no son tan malos como los pintan. Nada tienen contra el pueblo filipino, contra vosotros, gente del pueblo, sólo contra los americanos que os explotan... Lo malo que se cuenta de ellos son falsedades, infundios... Los americanos no se han portado bien con vosotros. Quezón y MacArthur os han abandonado, os han traicionado».

Ximénez, por su parte, había mantenido entrevistas y reuniones discretas con notables de la colonia española que deseaban conocer el alcance de la nueva situación que se avecinaba y cuáles eran realmente las intenciones de los futuros ocupantes por lo que a sus patrimonios y negocios se refería. Muchos de ellos habían apostado muy fuerte por el cambio de aires y ahora sentían un cierto temor de que su apoyo económico y logístico no les sirviera de nada. Ximénez les tranquilizó como pudo y les aseguró, apelando a sus contactos privilegiados, que no se arrepentirían de haber apoyado la causa nipona; que todo iría a pedir de boca y que no sólo ellos, sino Filipinas entera, y España también, saldrían ganando y volverían a gozar de unas relaciones fraternales, en un nuevo marco de cooperación internacional, como correspondía a dos pueblos unidos por unos mismos ideales de prosperidad material y espiritual.

Primero oye el rugido de las sirenas y trata de buscar protección en medio de la calzada. Luego ve los aviones avanzando en el cielo como monstruos rugientes a punto de vomitar. El comisario Remediado se echa al suelo y se cubre la cabeza con los brazos. Casi al mismo tiempo oye el ruido de la primera explosión, muy cercana, y a continuación de otra y de otra más lejos. Su cuerpo, en medio de una lluvia de metralla y de despojos, rebota sobre el empedrado como si hubiese un terremoto. Tras recuperar el sentido, medio aturdido aún, Remediado trata de levantarse. Una espesa nube de polvo y humo envuelve la escena. El aire, casi irrespirable, huele a ácido pícrico. Se oyen gritos y lamentos. Figuras fantasmales empiezan a moverse como a cámara lenta. Remediado se mira el cuerpo y comprueba que no le falta ningún miembro. Tiene salpicaduras de sangre en las ropas. Le zumban los oídos y siente en la cabeza un dolor intenso, como si quisieran abrirle el cráneo por dentro con un abrelatas. Echa a andar, no sabe hacia dónde. En su camino se cruza con una mujer de mediana edad, con el vestido hecho harapos y la mirada extraviada como un *zombie*. Va repitiendo, con débil voz: «¡Mi brazo...mi brazo!», mientras sostiene la extremidad amputada con la otra mano.

Rummy permaneció unos días en Manila, en el llamado «escalón de retaguardia». Eran los únicos soldados americanos que quedaban en la ciudad; los demás —los del «escalón avanzado»— estaban ya en Bataan y en Corregidor.

En la oficina del Cuartel General de Intramuros se vivían las últimas horas en medio de una gran agitación. Allí llegaban las noticias del avance imparable del ejército nipón no sólo en Filipinas, sino en todo el Sudeste asiático. En ocasiones, como en una alucinación, las calles se iluminaban por las noches, al igual que en tiempos de paz, aunque nadie paseaba por ellas. Había miedo. Los japoneses no respetaban el nuevo estatus y sus aviones seguían hostigando la ciudad con sus bombardeos. Bandas de saqueadores merodeaban por las calles, entrando a saco en casas abandonadas y en las tiendas de víveres y sari-saris, sin que los agentes de la Constabularia, desbordada por los acontecimientos, pudiesen hacer nada. Antes de su partida, las autoridades americanas habían abierto las puertas de sus almacenes en los tinglados del puerto, y las gentes cargaban con cuantos víveres podían acarrear.

De noche el cielo se teñía de rojo con el resplandor de los incendios.

El día de Nochevieja Rummy había quedado con Kate para celebrar la que iba a ser su última noche juntos. Los japoneses estaban a las puertas de la ciudad y al día siguiente el escalón de retaguardia, una vez terminada su tarea, debía salir para Corregidor. No era momento de celebraciones. No había lugar para la alegría, pero ambos se negaban a dejarse arrastrar por el derrotismo.

Como un espejismo de luz en la noche espectral, el Manila Hotel lucía esplendoroso. Unas decenas de personas se habían congregado en sus salones para celebrar el revellón de fin de año, huyendo por unas horas de la agobiante realidad. A la medianoche, sonaron las campanadas y la orquesta comenzó a entonar el *Auld lang syne*:

> *Aunque olvidemos las viejas amistades,*
> *y ni volvamos a acordarnos de ellas;*
> *aunque olvidemos a los viejos amigos*
> *y los maravillosos viejos tiempos...*

Rummy y Kate y las escasas parejas que asisten a la fiesta se desean con más fe que nunca, entre besos y abrazos, un feliz año 1942. Saben que no va a ser así, que todo será muy distinto a partir de aquel momento. Saben que para ellos ha empezado la guerra y que tal vez no tengan oportunidad de celebrar la entrada de otro año nuevo. Aún así, lo celebran.

Como náufragos en un escollo a la espera de que la marea se los lleve.

SEGUNDA PARTE

Bajo la férula japonesa

Ciudad abierta a los odiosos invasores.

BENIGNO DEL RÍO

UNO

El espejo le devolvió la imagen de un rostro relajado y bien afeitado. Se aplicó el *after-shave* golpeándose ligeramente las mandíbulas y cuidando de no mojarse el bigote. Ximénez se sentía bien y no podía disimularlo. Tenía aún muy presente el telegrama que le había llegado de Madrid, de la jefatura de Falange Exterior, felicitándole por el éxito de la operación «Sol resplandeciente». Pensaba que era lo mínimo que se merecía.

Salió de su apartamento y entró en el Epifanio's Café. Pidió un café con bibincas y se puso a hablar con el dueño. Se quejaba éste de que la clientela había disminuido desde la entrada de los japoneses. A los manilenses les costaba ahora salir de sus casas.

—Es lógico que la gente se retraiga un poco —dijo Ximénez—. Seguro que cuando vean que no hay peligro volverán a frecuentar los cafés, a hacer la vida de siempre.

—Eso espero —respondió Epifanio.

Tras una breve pausa Ximénez cambió de asunto.

—Por cierto, ¿no habrás visto últimamente a la americana rubia que solía venir por aquí?

—Hace un par de semanas que no la veo. La última vez que estuvo aquí se la veía preocupada y temerosa. Me caía bien, era una buena clienta. Dejaba buenas propinas.

—Me pregunto qué habrá sido de ella.

—Lo más seguro es que esté en la cárcel, como el resto de sus conciudadanos.

—Sí, es lo más probable. Es triste, pero así es la vida.

—La guerra, en este caso.

—¿Cómo?

—Que así es la guerra.

—Claro, la guerra.

Ximénez pagó su consumición y se fue.

En el consulado de España reinaba más actividad que de costumbre. Había colas de españoles y de filipinos de ascendencia española esperando a que les facilitasen certificados de nacionalidad. La neutralidad de España en la contienda bélica internacional era un salvoconducto en la Filipinas ocupada, donde los ciudadanos de los países aliados eran detenidos y encarcelados.

En su despacho Ximénez leyó el correo, los titulares de la prensa —cada vez más projaponeses—, y echó un vistazo a los memorandos internos. Luego su atención se centró en una carpeta negra en cuya tapa destacaba el sello de «confidencial». La abrió. En ella había unos cuantos folios con un listado de nombres españoles. Algunos estaban tachados; otros estaban subrayados o entre signos de interrogación. Todos los nombres pertenecían a miembros de la colonia española. La página inicial del dosier llevaba un rótulo: «LISTA DE COMUNISTAS Y COLABORADORES DE LOS EE.UU».

Ximénez cogió una pluma y añadió al final de la lista un nombre: Ramón Santaolalla. Durante un rato estuvo mirando el nombre que acababa de escribir. Luego, volvió a coger la pluma y tras el nombre colocó un signo de interrogación.

La entrada de las tropas japonesas en Manila se había producido la tarde del día 2 de enero de 1942. Aunque los manilenses temían desde hacía días que la ocupación pudiera producirse en cualquier momento, la entrada del primer contingente, por las calles del sur de la capital, causó una gran impresión y la noticia se propagó con rapidez al resto de los distritos.

A la mañana siguiente Manila se despertó bajo el nuevo orden nipón. De repente, cientos de soldados japoneses en bicicleta, circulando en pequeños grupos por las calles, se encaraban con los atónitos ciudadanos en un idioma incomprensible y haciendo gestos que fácilmente se podían interpretar como de mal gusto. El general Masaharu Homma era ahora la máxima autoridad en la ciudad. Para mayor humillación había instalado su puesto de mando en el mismo despacho de MacArthur, en el ático del Manila Hotel. Desde allí, Homma y su Estado Mayor tenían una gran tarea por delante: liberar a los filipinos de la dominación espiritual, intelectual y física de Occidente.

Para empezar, los cerca de cinco mil ciudadanos norteamericanos y británicos que habitaban Manila, fueron los primeros en notar los efectos de la ocupación. De inmediato fueron internados en las cárceles de la capital. Muchos de ellos estaban emparentados con familias filipinas que, desde aquel momento, quedaron rotas y divididas. En los días que siguieron a la ocupación, el número de prisioneros fue aumentando hasta hacer rebosar los centros penitenciarios. Por contra, ciudadanos de las potencias del Eje y filipinos de origen japonés, que habían sido detenidos por los americanos sospechosos de colaboración con los japoneses, fueron liberados enseguida. Uno de ellos era un viejo conocido de Ximénez: Odon Matsu.

En cuanto se vio libre, Matsu se dirigió a su tienda. Sabía que tras su detención la tienda había sido registrada con el fin de encontrar material comprometedor. Matsu había tenido la precaución de esconder la información sensible en un lugar insospechado. No bien entró en la tienda, Matsu quiso comprobar que sus papeles no habían sido descubiertos y que seguían en el mismo sitio donde los dejó. Se fue al carabao disecado que estaba junto a la puerta e introdujo una pinza por el orificio apenas visible del ano. Después de hurgar un rato por las falsas tripas del bóvido sacó una bola de papel arrugado, y luego sacó otra y otra más. Finalizada la prospección, Matsu extendió los papeles sobre una mesa y comenzó a plancharlos, mientras la cristalina voz de Jarmila Novotna, cantando el aria *Meine Lippen, sie küssen so heiss*, se escuchaba por el altavoz del fonógrafo.

Con la satisfacción de quien encuentra algo que da por perdido, Matsu releyó con fruición las anotaciones que había ido volcando en los papeles. No le cabía ninguna duda de que, dado el carácter de la información que contenían, las autoridades japonesas habrían de mostrarse muy interesadas en hacerse con ellas. Para alcanzar este fin estaba dispuesto a darles facilidades; a lo que no estaba dispuesto es a que les saliese gratis.

Tras la retirada táctica de las fuerzas filipino-americanas a la isla de Corregidor y a la península de Bataan, el capitán Romualdo Cumplido fue destinado al servicio de Comunicaciones, como oficial de enlace, entre las dos unidades en que se dividían las fuerzas del Escalón Avanzado de Bataan: el Cuerpo I, al oeste, y el Cuerpo II, al este. Las divisiones 51 y 52 se habían retirado a una nueva línea de frente establecida entre Bagac y Pilar. Era crucial mantener la comunicación entre dichas unidades y las de retaguardia, así como con el puesto de mando de la USAFFE en Corregidor, pero el flujo de información era dificultoso. El terreno montañoso y la espesa jungla no facilitaban las comunicaciones. Disponían de pocos teléfonos y aparatos de radio y no siempre funcionaban. Los mensajeros se perdían en la selva. Las divisiones mantenían contactos esporádicos con los regimientos; los regimientos no siempre lograban encontrar a sus batallones y algunas compañías ya ni sabían a qué batallón pertenecían.

La confusión iba en aumento y los japoneses se aprovechaban de ello en sus cada vez más frecuentes incursiones en las líneas enemigas. Sigilosos y escurridizos comandos traspasaban a menudo el frente sembrando el desconcierto y el temor entre las filas filipino-americanas. Una vez infiltrados en territorio enemigo, los comandos establecían bolsas de resistencia desde donde atacaban sorpresivamente las posiciones americanas. Sus hombres se movían como serpientes por la selva, mataban sin contemplaciones a cuantos se les pusiesen por delante y se hacían con botines de armas, municiones y alimentos. Tanto o más que su eficacia en este tipo de acciones lo que sorprendía a los soldados americanos y filipinos era la crueldad y la saña con que trataban a sus víctimas. Era harto frecuente ver cadáveres bárbaramente mutilados. A menudo, antes de ejecutar a sus víctimas, los *japos* se dedicaban a desmembrar los cuerpos; primero les cortaban las manos, luego los brazos, y por último las piernas. Muchos prisioneros pedían angustiosamente que terminasen con sus vidas, que les pegasen un tiro, antes de tener que soportar las sevicias a las que les sometían. Desde su llegada a Bataan, Rummy Cumplido había visto ya suficientes cadáveres desmembrados como para no vomitar al verlos, pero en su mente todavía acudía de vez en cuando la imagen de uno de sus compañeros, el cabo Coronado, a quien los hijos del Sol Naciente habían tapado la boca con sus genitales.

En su base de Mariveles, Cumplido apenas tenía tiempo para pensar en otra cosa que no fuera el día a día. Tenía pocas esperanzas de que las cosas mejoraran lo bastante como para que cambiasen las tornas y se pudiera ganar la partida a los japoneses. Le parecía que aquella campaña de resistencia numantina en la que se había empecinado el Alto Mando estaba abocada al fracaso, sobre todo teniendo en cuenta que Bataan era una trampa sin salida, una especie de infernal *cul-de-sac* del que era casi imposible salir victorioso. Tarde o temprano, pensaba, los nipones romperán nuestras débiles defensas y nos comerán vivos.

Resistir, aguantar como sea para dar tiempo a que pudiesen venir los refuerzos, era la palabra clave, el objetivo primordial que había inculcado MacArthur a todos los mandos. Pero los refuerzos no llegaban. Ni van a llegar, pensaba Cumplido. También después del primer ataque a Manila habían prometido que vendrían refuerzos. Pero tampoco vinieron. Todo había ido a peor desde el ataque a Manila.

Pese a todo, pensaba Cumplido, era preciso vencer el pesimismo, aunque sólo fuera por mera supervivencia. Éste era el estado de ánimo que le invadía en su puesto de Mariveles la noche en que, después de un duro día de trabajo y tensión en el que casi pierde la vida en una emboscada, se sentó a escribir, en su mesa de campaña, una carta a Kate Ferguson que ésta jamás recibiría.

El despacho que ocupa el coronel Miura, del Servicio de Inteligencia Militar, es un habitáculo desprovisto de toda decoración en una de las dependencias del Edificio de la Administración Japonesa, en el San Luis Boulevard. Miura está sentado detrás de una mesa llena de carpetas, libros y periódicos. La habitación se halla a oscuras y sólo un flexo encendido aporta un débil foco de luz amarillenta sobre un área reducida. Al otro lado de la mesa, sentado en una silla de rejilla, se encuentra un individuo de rasgos mestizos orientales. Observa con atención cómo el coronel lee un papel arrugado que sostiene con la mano derecha.

El coronel Miura se saca las gafas redondas, de montura de carey, deja el papel sobre la mesa, mira con atención al visitante y le dice:

—¿Por qué supone que podría interesarme esta información?

Lo ha dicho en un correcto inglés, con pronunciación americana. Matsu esperaba que hablase en japonés y se ha quedado algo desconcertado. Por su caletre no pasaba el hecho de que, a la astuta inteligencia japonesa, los nombres de colaboradores de los servicios secretos americanos en Manila no pudieran interesarle. Matsu contesta:

—Yo lo que quiero es ayudar a mi país, Japón.

Pero Miura no está convencido. Vuelve a coger el papel y lo repasa otra vez. Mientras lo hace se atusa el bigote.

Luego dice:

—¿Qué quiere decir la X detrás del nombre de Kate Ferguson?

—Es la inicial de quien me proporcionó la información. Un español de confianza. Falangista.

—¿Usted la conoce?

—No personalmente. Es una periodista americana, parece que bastante famosa.

—Lo sé. La última vez que estuve en Estados Unidos su nombre aparecía bastante en la prensa escrita.

Miura no busca la respuesta de Matsu; ha sido una reflexión en voz alta.

—Dígame dónde puedo localizarle, señor Matsu.

Mientras Matsu le dicta sus señas, sus piernas se mueven compulsivamente de un lado para otro.

—Muchas gracias. Le llamaré si le necesito.

Una polilla, de pequeño tamaño, revolotea en torno a la luz del flexo y luego se posa encima de un sobre.

—Esto... si me permite... coronel. Acabo de salir de la cárcel donde me han tenido encerrado, y tengo algunas necesidades... Me he visto obligado a cerrar mi negocio de taxidermia. Nadie quiere disecar ahora. Y...

¡Plafff! Miura aplasta con el matamoscas a la pequeña polilla.

—Veré qué puedo hacer por usted —le dice Miura mientras con la mano intenta retirar la pegajosa masa de encima del sobre.

—Muchas gracias, coronel, muchísimas gracias. Estoy a lo que usted tenga a bien ordenarme.

Y Matsu se retira haciendo reverencias hasta toparse con la puerta. Entonces se gira, abre la puerta y se va.

DOS

Salud padres, madres, hermanos, hermanas. *Salud novias y esposas: el que os habla ha venido del frente para ponerse en comunicación con vosotros. Escuchadme, pues, con atención dondequiera que estéis, lo mismo en una choza abandonada de Bulacan que en un barrio de las riberas de Cebú, o en alguna casa de Manila con las persianas cerradas para no ser vistos por las patrullas de la calle. Dondequiera que estéis, acercaos a mí en espíritu, porque es vuestro hijo, vuestro hermano, vuestro novio, vuestro marido el que os habla, en nombre de todos los soldados que defienden las colinas de Bataan. Sed valerosos y prudentes. No ofrezcáis inútil resistencia. Transigid hasta el límite que os permita vuestro honor; pero ni una sola pulgada más (...). No nos traicionéis. No traicionéis el futuro de nuestro pueblo. Pues nosotros, los que estamos en Bataan, somos el futuro, porque somos la juventud (...). Y ahora, adiós, hasta muy pronto. Conservad el ánimo en vuestras casas en silencio. Dormid tranquilamente en estas noches de derrota. Reservad vuestras fuerzas para el mañana. Porque nosotros volveremos antes de lo que vosotros mismos suponéis...*

Todavía resonaban en la radio las últimas vehementes palabras de Carlos P. Rómulo cuando Gloria Calisig rompió a llorar desconsoladamente. Era huérfana, no tenía hermanos, ni marido, ni novio y, sin embargo, no pudo reprimir las lágrimas ante el emotivo mensaje radiofónico.

Se hallaba en un pequeño sótano de la pensión donde vivía, en el distrito de San Marcelino. En este sótano solían reunirse algunos huéspedes para escuchar las emisiones clandestinas de *La Voz de la Libertad*, que hablaban de patria, resistencia y un futuro mejor. Gloria era una chica morena, de ojos achinados y cuerpo menudo. Había trabajado en el Victor's Club, compartiendo con Graciela algo más que un trabajo que no le gustaba. Eran amigas y solían consolarse mutuamente en los momentos de abatimiento o de frustración. Cuando asesinaron a su amiga, Gloria tardó en superar lo ocurrido. Su primera reacción fue de incredulidad, simplemente no podía aceptarlo; luego vino la rabia y la impotencia para, a continuación, dejar paso a un doble sentimiento de dolor y de tristeza. Gloria había pasado las últimas semanas sin apenas salir de su habitación. Desde allí, aterrada, había visto el efecto destructor de las bombas y, más tarde, el desfile de las tropas invasoras por la calles de Manila. Cuando por fin se decidió a salir y a reanudar su trabajo se encontró con que la puerta del Victor's estaba cerrada y sellada. El local había sido clausurado por orden gubernativa.

De haber podido Gloria entrar entonces en el local hubiera visto que, en su interior, como en un decorado abandonado, permanecían todavía, sobre las mesas, los ceniceros llenos de colillas y las copas de champán y vasos de combinados a medio consumir, tal y como los habían dejado los últimos clientes, justo antes de que la policía penetrase en el local para hacer la redada. Varios empleados, entre ellos el gerente del club, habían sido detenidos y sometidos a interrogatorios en las dependencias policiales. Algunos quedaron en libertad, otros fueron introducidos en furgones y llevados a Fort Santiago.

Gloria se había quedado sin trabajo. No tenía adónde ir, ni a quién recurrir. Debía dos meses de pensión y estaba sin blanca. Era perfectamente consciente, en aquellas apremiantes circunstancias, de que su pasado era oscuro, su presente problemático y su futuro incierto. Por la noche, tendida en la cama, en la oscuridad de la habitación, Gloria pensaba en cómo salir de aquel agujero. Una imagen le vino entonces a la mente. La del hombre con quien solía salir Graciela poco antes de su muerte. No le gustaba su aspecto relamido, no le gustaban sus maneras presuntuosas y la forma displicente con que el español se comportaba a menudo con su amiga. Se lo había dicho en más de una ocasión: «Cuidado, Graciela, que este castila no parece de fiar». Pero ella le respondía que no se preocupase: «Yo sé lo que me hago, no te preocupes». Parecía tan segura de lo que decía que a partir de un momento dado dejó de aconsejarla. Hasta que pasó la tragedia.

A Gloria le fastidiaba tener que pedir favores, pero su situación no admitía muchas opciones. Además, aquel tipo trabajaba en el consulado español —se lo había dicho Graciela— y era sabido que los japoneses mantenían buenas relaciones con los representantes del Gobierno español, al que tenían como favorable a sus intereses. Sin duda era un hombre de influencias y algo podría hacer por una amiga de su amiga. No le importaba tener que tragarse su orgullo con tal de salir adelante. De hecho, le importaban ya muy pocas cosas. La que más: seguir viviendo.

Se debe al dominico fray Miguel de Benavides, arzobispo de Manila, la feliz idea de crear un establecimiento de estudios superiores en Filipinas. A tal fin compró el arzobispo una casa cerca del convento de Santo Domingo, donó su copiosa biblioteca y mil quinientos pesos fuertes en metálico. La muerte le sorprendió en 1607 sin ver realizada la idea. Pero otro dominico, el arzobispo de Nueva Segovia, puso también su biblioteca y cuatro mil pesos fuertes a este mismo propósito. Habrán de transcurrir unos años, sin embargo, hasta que se creen las cátedras de Gramática, Artes y Teología y se inauguren las clases públicas. A partir de entonces irán pasando los estudiantes por las aulas del Colegio de Santo Tomás, con su distintivo manto verde y la beca colorada. En 1623 Felipe IV toma bajo su real protección al Colegio y en 1645 se erige en Universidad por bula del papa Inocencio X. Todo esto sucedía en una época de especial turbulencia, en la que la relativa prosperidad de que gozaba la colonia, merced sobre todo al comercio con la China y el Coromandel, se veía frecuentemente amenazada por los saqueos de los corsarios holandeses, las depredaciones de los moros joloanos y los asaltos de los piratas camucanes. Pese a todo, los estudiantes matriculados irán en aumento a lo largo de los siglos XVIII y XIX, de manera que en las postrimerías del periodo colonial la mayoría de los filipinos ilustrados que luchan por los derechos de sus paisanos y la independencia del país han sido instruidos en la Universidad de Santo Tomás. Pronto el viejo caserón de Intramuros se hará pequeño y un nuevo complejo de edificios, al estilo de los campus universitarios americanos, se levantará en Sampaloc, en las afueras de la capital. Será allí donde, en 1939, el padre Silvestre Sancho, rector de la universidad, con la anuencia del claustro de profesores, tendrá a bien nombrar Rector Honorífico de la misma a don Francisco Franco Bahamonde, Caudillo de España. Pero, en la primavera de 1942, la más antigua universidad asiática ofrecía un insólito aspecto. Atiborradas las cárceles manileñas, los japoneses habían buscado recintos donde alojar a los miles de prisioneros, tanto extranjeros como del país. Y, a este fin, se había habilitado Santo Tomás como campo de internamiento.

Kate Ferguson era una más de las 3.500 personas allí encerradas. Había sido detenida en la segunda semana de enero. Kate estaba en su apartamento redactando un despacho para la agencia Associated Press cuando irrumpieron dos soldados y un agente de la temida Kempetai. No fue preciso que dijeran a qué habían venido. Se les veía en la cara. En un inglés detestable, el policía se limitó a cerciorarse de que era miss Ferguson con quien hablaba y, a continuación, ordenó a los soldados que la esposasen. Kate no se extrañó. Sabía que era cuestión de días el que fueran a por ella; antes habían pasado por la misma situación la mayoría de sus compatriotas y amigos. Aún así, Kate no pudo menos que mostrar su indignación por el atropello, a sabiendas de que no serviría para nada.

Fue metida en un camión y conducida al estadio Rizal, en el distrito de Pasay, lugar donde los detenidos eran registrados y posteriormente repartidos en alguno de los campos de prisioneros de la ciudad. En aquel cafarnaúm donde se aglomeraban gentes de toda condición y nacionalidad, permaneció Kate tres días. Luego la metieron en un camión y la trasladaron al STIC (Santo Tomás Internment Camp), donde fue ingresada en el Main Building de la Universidad, destinado a albergar a las mujeres.

Para el funcionamiento cotidiano del campo se habían organizado los internos en diversos comités o departamentos: Sanidad, Educación, Policía, Biblioteca, Entretenimiento, Alimentación, etc. Un Comité Ejecutivo, formado por hombres de negocios y profesionales liberales, actuaba como junta de gobierno y enlace con el comandante Yamaguchi, responsable del centro. Kate se adscribió al comité de Biblioteca y pasaba gran parte del tiempo en el servicio de préstamo de los pocos libros que habían sobrevivido al expurgo de los censores japoneses.

Un martes de febrero, a las siete de la mañana, una hora después de haberse levantado, como todos los prisioneros, a toque de diana, un soldado guardián la conminó a que le acompañase al despacho del director del campo.

El comandante Yamaguchi quería verla.

—¿Y dices que te amenazó?

Ximénez hablaba con el Cojo en un banco del cementerio de Paco. Últimamente huía de las citas en su despacho. En el consulado había demasiado ajetreo, demasiadas visitas, demasiadas caras conocidas, y cada vez confiaba menos en los que le rodeaban.

—No exactamente —contestó el Cojo—. Él decir que querer cobrar dinero prometido. Si no pagar, él tomar medidas. Muy enfadado, Lanay.

—Así que quiere cobrar. Como si yo no tuviera otra cosa que hacer que pagarle ahora. Ya le dije que le pagaría, pero que tuviese paciencia.

—Lanay tener problema, *apo*. Querer salir de Manila para salvar pellejo y necesitar dinero.

—Pues si tanta prisa tiene que se largue y me deje tranquilo.

Un pájaro de pico amarillo y plumaje verde brillante, dando saltitos, se fue a posar a los pies de Ximénez. Picoteaba en el suelo y de vez en cuando levantaba el cuello y se quedaba quieto. Ximénez se lo quedó mirando fijamente. El pájaro hizo lo mismo. Por unos instantes los dos estuvieron observándose mutuamente. De pronto Ximénez dio un chasquido con los dedos y el pájaro salió volando.

—Vámonos —le dijo al Cojo.

TRES

De día y de noche ondas electromagnéticas surcan el éter transmitiendo de un lado a otro todo tipo de mensajes. Ondas de corta longitud son enviadas continuamente a largas distancias. Atravesando la atmósfera rebotan en la ionosfera y son devueltas a la superficie terrestre. Da igual que las emisoras estén lejos de quienes las reciben; una vez sintonizada la emisora en el aparato de radio el oyente percibe al locutor como si estuviese a su lado. *La Voz de la Libertad* transmitía no desde Bataan, como daba a entender por motivos estratégicos y de seguridad, sino desde una pequeña emisora instalada en Corregidor. Su objetivo era dar ánimos a los filipinos y elevar la moral de las tropas. El incansable Carlos P. Rómulo se encargaba de ello.

A través de un cascado receptor Rummy Cumplido solía escuchar la música y las proclamas americanas de *La Voz de la Libertad*. A menudo, sin embargo, las emisiones eran bruscamente interferidas y una voz japonesa hablando en inglés se colaba subrepticiamente:

Hombres de Bataan y de Corregidor, vuestra resistencia es inútil. Vuestra lucha está condenada al fracaso. Me imagino que ya os habréis dado cuenta de que enfrente tenéis al mejor ejército del mundo. Nadie nos parará. Hemos destruido vuestras escuadras en Pearl Harbor. Hemos conquistado Hong Kong, Singapur, Java, Sumatra, Borneo, Malaya, Celebes, Nueva Guinea, Guam... y todavía no hemos terminado nuestro avance. Habéis tenido que salir por pies de Manila y acabaréis por salir de Bataan y de Corregidor. Todavía estáis a tiempo, soldados filipinos; no os dejéis arrastrar por la insensatez de los americanos que os han dejado en la estacada. Recordad, ellos son vuestros únicos enemigos. Rendíos y os trataremos como hermanos...

Otras veces era la melosa voz de Tokyo Rose intentando seducir a sus compatriotas americanos:

Hola chicos, ¿cómo os va? Seguro que estáis cansados y tenéis hambre y sed. ¿Os apetecería un buen baño de espuma y luego una suculenta comida a base de jugoso bistec de ternera con crujientes patatas, un par de huevos fritos y una cerveza bien fría? ¿Apetece, verdad? Pero para tener todo esto tendríais que dejar las armas y abandonar vuestros puestos en el frente y entregaros. No lo dudéis, os recibiremos con los brazos abiertos, como amigos. ¿Qué os espera si no? Más sufrimiento, más hambre, más sed, más dolor y más muerte a vuestro alrededor. Y total, ¿para qué? ¿Qué se os ha perdido en este rincón de la tierra, a miles de millas de vuestros hogares, donde os esperan angustiados vuestros padres, maridos, novios, hermanos?

Rummy Cumplido estaba acostumbrado a este tipo de alocuciones propagandísticas, pero no les hacía más caso que al ruido de los obuses y ametralladoras del enemigo; sin embargo, alguna vez había pensado, aunque fuera unos segundos, qué pasaría si decidiese atender las sugerencias de los locutores. No tenía madera de héroe, simplemente prefería continuar con sus congojas y sus miedos, dando rienda suelta a sus íntimas impresiones en su diario de campaña.

27 de febrero. A pesar de lo que digan nuestros mandos, tengo la impresión de que no progresamos en absoluto. Estamos estancados y sólo acertamos a aguantar el avance de los *japos* quién sabe hasta cuándo. ¡Mantened la posición! ¡Mantened la posición! Es lo único que se les ocurre a nuestros jefes. Pero las tropas están hechas polvo y cada vez es mayor el número de soldados que hay que mandar a retaguardia, al hospital, víctimas de la malaria, la disentería, el beriberi o el dengue. Lo malo es que las medicinas escasean. Todavía esperamos las sulfamidas y pastillas de quinina que nos dijeron que nos darían. Nos faltan también mantas, chubasqueros y mosquiteros. ¡Estos malditos insectos voladores que te acribillan en cuanto te ven! Mi uniforme está impresentable y apesto a sudor. Me miro al espejo y me doy asco. (...)

3 de marzo. Hoy no he podido pegar ojo en toda la noche. Creo que estoy acusando demasiado la tensión de los últimos días en los que los bombardeos y el fuego de artillería se han recrudecido. O que el hambre empieza a hacer mella en mi cuerpo. Es una sensación muy desagradable. Y las noticias que nos llegan en este sentido no son nada halagüeñas: el racionamiento continuará, más riguroso si cabe, en los próximos días. Desde que estamos en Bataan nos tenemos que contentar con media ración. Nos mantenemos vivos, pero en estas condiciones nuestra aptitud para el combate ha disminuido mucho. Tropas exhaustas y mal alimentadas: malas perspectivas. (...)

5 de marzo. Me comenta Z. que el otro día oyeron al general W. despotricar a voz en grito del «gran jefe» y los estrategas de Washington. Si esto fuese verdad, que no lo sé, porque uno no se puede fiar de radio macuto, tampoco me extrañaría tal y como están las cosas: cada vez peor y con el sentimiento generalizado de que no van a mejorar en los próximos días. Por cierto, ¿dónde está la ayuda que hace unas semanas prometieron que nos enviarían? Mientras tanto, se sigue hablando de una ofensiva a gran escala...

12 de marzo. Definitivamente no habrá ofensiva a gran escala. Era de prever. Ahora sólo nos queda seguir manteniendo las líneas y aguantando el chaparrón. Quien sí se mueve es el enemigo con sus tácticas de infiltración. Esos jodidos tipos te los encuentras donde menos te lo esperas. Se esconden en las copas de los árboles y cuando pasa una patrulla se echan encima y la masacran. Son unos bestias. Gozan degollando, cortando miembros y violando a las mujeres.

16 de marzo. He pasado toda la tarde quitándome las sanguijuelas de las piernas. Malditas chupasangres. Ahora me siento agotado y cada vez más resignado. Esto me cabrea y me saca de quicio. Seguimos pasando hambre. Hoy la ración diaria ha consistido en una escudilla de arroz y media lata de pescado. Unas 800 calorías, un tercio de lo que requiere un soldado en activo. Ya nos hemos comido las mulas y los caballos que quedaban. Si por casualidad vemos algún lagarto rondando por el campamento lo cazamos y nos lo zampamos. No estamos para remilgos. Los escrúpulos los dejamos en Manila (...). El coronel S. me ha dicho que un barco cargado de arroz viene para Bataan. Ojalá sea cierto.

19 de marzo. La noticia ha corrido como la pólvora y nos ha llenado de rabia y de tristeza. El barco que transportaba vituallas, y que al parecer iba a ser nuestra salvación, ha sido hundido frente a la bahía de Mariveles. El capitán y la mitad de la tripulación han muerto. El 90% de los sacos de arroz han quedado flotando en el mar. Adiós comida.

CUATRO

—¿Puede repetirme su nombre?

—Gloria Calisig.

—Hace años conocí a un tal Domingo Calisig, en Baguio. Era del ramo de la construcción. ¿Es pariente suyo?

—No.

—Era simple curiosidad. Bien, ¿en qué puedo servirle?

Había ido al consulado. Allí había tenido que esperar más de una hora antes de ser recibida por Ximénez, cada vez más reacio a tener encuentros en su despacho. Cuando por fin la secretaria le dijo que podía pasar, ya estaba pensando en irse.

Gloria le contó a Ximénez el motivo de su visita. Apeló de entrada a su amistad con Graciela, siguió con el relato de su trabajo en el Victor's, el cierre del local y la situación crítica en la que se encontraba. Finalmente le pidió si podía ayudarla a encontrar algún empleo.

—Me conformo con poco —aclaró Gloria.

Al principio Ximénez no dijo nada. Se limitó a mirarla de un modo lo bastante impertinente como para obligar a Gloria a bajar la vista.

—¿Y por qué supone que yo puedo ayudarla?

Gloria levantó la vista y se le quedó mirando. No dijo nada. A continuación se levantó y se dispuso a salir del despacho.

—Un momento —dijo Ximénez—. No he dicho que no pueda ayudarla. Siéntese, por favor.

Gloria se sentó. Estaba nerviosa. Gotas de sudor, como pequeñas perlas líquidas, afloraron en su frente.

—Necesito saber algo más de tu vida. ¿Puedo tutearte, no? Me gusta saber a quién ayudo. Entiéndelo. Por aquí pasan muchas personas, algunas poco recomendables buscando ayudas y pidiendo favores. Como si no tuviera otra cosa que hacer. No somos las hermanitas de la Caridad, dicho sea con todos los respetos. Ya sé que son tiempos difíciles, pero lo son para todos. ¿Un pitillo?

—Gracias.

Mientras le encendía el cigarrillo a una nerviosa Gloria, Ximénez se fijó en el canalillo sudoroso y los pezones oscuros que la semitransparente blusa de sinamay dejaba entrever.

—Creo que tengo algo para usted —dijo Ximénez—, aunque tendría que confirmarlo. Pero antes me gustaría saber un poco más de ti.

Gloria no tuvo más remedio que contarle como mejor pudo su azarosa vida, mientras Ximénez, sin disimulo, no dejaba de mirarla, ora los pechos, ora las piernas. Cuando hubo concluido, Ximénez hizo un gesto de asentimiento y exclamó:

—Sí, una vida difícil...

Gloria calló. Pensaba que ya había hecho mucho más de lo que estaba dispuesta a hacer. Se levantó. Ximénez le dijo:

—Déjale tu dirección a mi secretaria. Tendrás noticias mías.

—La agradezco su interés, señor Ximénez.

—Alfonso, puedes llamarme Alfonso.

—Pues gracias, Alfonso.

Gloria salió del despacho con unas irrefrenables ganas de abandonar aquel lugar. Una vez en la calle se percató de que tenía el vestido empapado en sudor, y sintió una terrible vergüenza.

El coronel Yamaguchi se halla en su despacho sentado ante su escritorio. Las ventanas están entornadas y por una estrecha rendija se filtra un haz de luz que atraviesa la estancia haciendo resaltar las diminutas motas de polvo que flotan en el aire en browniano movimiento. El haz luminoso acaba proyectándose finalmente a los pies de una gastada silla de madera en la que se sienta, expectante, Kate Ferguson.

—Debo decirle, señorita Ferguson, que no es para mí ningún placer tener que hacerle una serie de preguntas que presumo incómodas para usted, pero no tengo más remedio. Órdenes son órdenes. De modo que iré al grano. Dígame, señorita Ferguson: ¿para quién trabaja?

—Ahora para nadie.

—No se haga la lista.

—Soy una periodista *free-lance*. Trabajaba para quien me pagaba en cada momento.

—Por favor, ya sabe a lo que me refiero. Se lo diré más claro, pero no más veces: ¿quién es su jefe? ¿A quién le pasaba los informes?

—No sé a qué jefe se refiere, ni de qué informes me habla.

—Por favor, señorita Ferguson, no se haga la ignorante.

—No me hago la ignorante. Le digo simplemente que no sé de qué me habla.

—Hablo de su papel como espía.

—Jamás he sido espía ni nada parecido. Pero si lo hubiese sido tampoco se lo diría.

—¿Niega pues que sea una espía?

—Lo niego.

—Muy bien, creo que no tendré más remedio que refrescarle la memoria. Se dice así, *refrescarle*, ¿no?

—Le digo la verdad. No soy espía ni lo he sido nunca.

—Lo siento pero me está usted obligando a emplear otros métodos más persuasivos.

Yamaguchi descuelga el teléfono, dice una frase en japonés y al cabo de unos segundos entra en el despacho un individuo de aspecto oriental, vestido de paisano. Cruza la habitación sin decir nada y cuando se halla frente a Yamaguchi se cuadra militarmente.

—A sus órdenes, mi coronel.

Yamaguchi se dirige a Kate Ferguson y le dice:

—Le presento al señor Matsu. Él le ayudará a *refrescar*. Le advierto que es muy hábil haciendo interrogatorios. ¿Verdad, Matsu?

—Verdad, mi coronel.

—Entonces acompañe a la señorita.

—Sí, mi coronel. ¿Alguna instrucción especial?

—No, la rutina habitual.

—A sus órdenes, mi coronel.

Y los dos, Matsu y Kate, salen del despacho.

CINCO

Del diario de Rummy Cumplido:

23 de marzo. He estado en el Hospital n° 2, en Cabcaben: unos cuantos pabellones de lona con armazón de bambú, en los que es imposible encontrar los mínimos de limpieza e higiene que cabría esperar en un lugar de estas características. Los heridos yacen en el suelo, sobre colchonetas. Médicos y enfermeras se afanan por hacer su trabajo en medio de unas condiciones deplorables. Es un milagro que lo consigan y no muera más gente.

26 de marzo. Esta mañana va Joey F. y me despierta cantando: *Los defensores de Bataan / no tenemos ni padre, ni madre, ni tío Sam...* A continuación se pone de rodillas y se echa un monumental pedo. Apenas tenemos tiempo de vestirnos y ya comienzan otra vez los bombardeos.

27 de marzo. Toda la noche pasada he estado levantándome para ir a defecar a la letrina. No recuerdo las veces que he ido. ¡Qué cagalera, Dios mío! Aquí es imposible librarse de las tres «emes»: mierda, moscas y mosquitos. El caso es que me miro al espejo y me doy pena. Tengo una pinta espantosa. ¡Vaya cara de famélico que se me ha puesto! El único consuelo es que los hay que están peor y que yo al menos estoy vivo. De momento. (Cruzo los dedos).

5 de abril. El flanco izquierdo de la 21ª División está sufriendo desde hace días intensísimos ataques de los amarillos. Dos regimientos han tenido que retrasar posiciones mientras durante todo el día caía una monumental granizada de bombas.

6 de abril. Hoy he visto a varios oficiales y soldados de lo que queda de la 21ª División. Han llegado mal alimentados, enfermos y desmoralizados, la mayoría descalzos, con los pies sangrando. Lo que cuentan pone los pelos de punta. Nuestras fuerzas se están desintegrando. Lo último: la 33ª de Infantería del Ejército Filipino ha sido sorprendida, envuelta y despedazada y, al parecer, lo que queda de ella son pequeños grupos de soldados desconcertados y sin escapatoria. Muchos abandonan las armas y las municiones y se largan. Mierda.

7 de abril. Sigue el desastre. Ahora le toca el turno a los batallones 201 y 202 de Ingenieros del E.F y al 57º de Infantería, que también están destrozados y en desbandada. Todo el sub-sector C del E.F. está a punto de desintegrarse. Lo peor, me temo, todavía está por llegar. Reina el desconcierto entre los mandos. La cadena de información entre unidades, de la que formo parte, está rota y todo aboca a un sálvese quien pueda. Estos cabrones siguen machacándonos sin descanso con bombas incendiarias. Es imposible ver algo con claridad. Todo es confusión, desorden. Me cago en los putos *japos*. Me cago en todos.

8 de abril. Se acabó. Escribo estas líneas consciente de que pueden ser las últimas que escriba. El enemigo ha avanzado imparable durante los dos últimos días. Ya no hay resistencia por nuestra parte. Azuzados, perseguidos por sus tanques e infantería, miles de exhaustos soldados rezagados colapsan y atascan las carreteras y caminos hacia el sur, intentando en vano salir de la península. Pero no hay salida, no hay botes ni aviones disponibles para todos. Joder. Estamos atrapados y sólo nos queda esperar a que nos hagan prisioneros. El II Cuerpo se ha ido a tomar por culo. Esta mañana el general K. ha ordenado la destrucción de la artillería, de la munición y de todo el equipamiento excepto los transportes. Luego ha enviado una bandera de tregua a la línea japonesa y más tarde el puesto de mando se ha rendido. Estamos todos tan jodidamente hundidos que no nos damos cuenta de lo que realmente nos está pasando.

9 de abril. Lo que hay que ver. En el protocolario acto de rendición y entrega de armas el comandante en jefe japonés le ha preguntado al general K. dónde tenía su espada. Cuando el general le ha contestado que hace tiempo que el ejército norteamericano no usa espadas, el japonés se ha mosqueado y le ha contestado que la rendición no era válida si el jefe americano no entregaba la espada. El general K. no sabía cómo salir de aquella absurda situación, de modo que le ha ofrecido su pistola, con la funda y la canana. Pero el japonés ha empezado a gritar. Al final la cosa no ha ido a mayores y han acabado los dos compartiendo la ceremonia del té. Y bien, Bataan ha caído, ahora sólo queda Corregidor. ¿Por cuánto tiempo?

Lugar: uno de los salones del Casino Español, club privado, sito (desde 1917) en la esquina de la calle Kalaw con la avenida Taft. *Hora*: tres y media de la tarde. *Intervinientes*: don Pedro Correa, Alfonso Ximénez y un camarero que entra y sale sin hacer ruido. *Tema de conversación*: situación política por la que atraviesa el país.

CORREA: Y dígame, Ximénez, ¿quién se fía de Vargas?

El antiguo secretario del presidente Quezon, Jorge B. Vargas, había sido proclamado presidente de una especie de gobierno interino favorable a las nuevas autoridades del país y controlado por Tokio. En su alocución al pueblo filipino, transmitida por radio, el flamante jefe de gobierno había dicho, entre otras cosas: «El mantenimiento de la ley y del orden es una condición indispensable para recobrar la normalidad, porque sin ellos reinarían la anarquía y el caos... Debemos volver a nuestras ocupaciones y dar vida de nuevo a nuestra industria. Nada puede conseguirse en un estado de ilegalidad y si no cooperamos con la administración japonesa... La guerra nos ha colocado fuera de la órbita de protección de los Estados Unidos y a merced del militarismo japonés. Debemos tener confianza en el sentido de justicia y caballerosidad de nuestros vencedores... Bajo la administración militar japonesa podéis estar seguros de que restauraremos la paz y la tranquilidad, y reconstruiremos nuestros hogares destruidos por la guerra y devolveremos la paz al país...».

XIMÉNEZ: No es que confíe mucho en sus palabras, de todos modos prefiero a Vargas que a cualquier otro político tunante.

CORREA: Vargas es un hombre de confianza de Quezon. Ahora Quezon se está muriendo, exiliado en Estados Unidos, mientras su amigo y ex secretario preside un gobierno títere que nadie toma en serio. ¿Por qué se metería Vargas en este fregado —perdone la expresión— si no es para intentar salvar algo del antiguo estatus?

XIMÉNEZ: En este sentido nada tienen que temer ustedes, los empresarios...

CORREA: Tal vez tenga razón, pero comprenda que apostamos fuerte —yo al menos— para que la nueva situación no fuera contraria a nuestros intereses.

XIMÉNEZ: Y así es, me parece.

CORREA: De momento, sólo de momento. Porque hay cosas que han pasado que no me gustan nada y me dan muy mala espina.

XIMÉNEZ: ¿A qué se refiere?

CORREA: De sobras sabe a qué me refiero. Mire, Ximénez, hay personas muy inconstantes. ¿Qué se ha hecho del fervor de muchos de nuestros ínclitos amigos? ¿O es que no se ha dado cuenta?

XIMÉNEZ: Entiendo. Soy el primero en lamentar estos deplorables cambios de chaqueta y estoy tomando medidas para que...

CORREA: Tomando medidas... No me venga con monsergas, Ximénez. Las ratas están abandonando el barco a marchas forzadas mientras nosotros estamos a verlas venir. Tomando medidas... ¿Sabe una cosa, Ximénez? Se acabaron las buenas palabras, los buenos propósitos. Aquí cada cual se arrima a lo que más le conviene, sin pararse a pensar lo que antes dijeron o hicieron. Primero yo, luego yo y, por último, yo. Esta parece ser la divisa en estos días que corren. Mire nuestro amigo Soriano. ¿Quién nos iba a decir que se cambiaría de bando a las primeras de cambio y que viajaría a los Estados Unidos acompañando a Quezon como asesor personal, haciéndose ciudadano americano para poder defender mejor a los de las barras y estrellas? Verlo para creerlo. Si yo le contara alguna de las conversaciones que tuve con él hace tan sólo unos meses...

Un camarero entra en aquel momento con una bandeja. Primero sirve a don Pedro, luego a Ximénez: un café y una copa de coñac, respectivamente. A continuación se marcha tan sigilosamente como ha entrado. La interrupción le ha venido bien a Ximénez, que no tenía aún preparada la réplica. Se da perfecta cuenta de que las cosas no han salido como él había previsto. El esfuerzo y la colaboración desplegados en pro de la causa japonesa, de la tan cacareada Esfera de Coprosperidad de la Gran Asia, no se habían visto correspondidos por las autoridades japonesas y el gobierno colaboracionista de Vargas. Salvo algunos casos aislados —comunistas y supuestos espías proamericanos— los españoles tenían una tolerable libertad de movimientos y no eran perseguidos como los ciudadanos de los países aliados. Sus bienes eran respetados y sus negocios seguían funcionando razonablemente bien. Algunos negocios, incluso, habían experimentado un fuerte crecimiento con los pedidos de los nuevos dueños del archipiélago. Pero, en general, las expectativas no se habían cumplido. Que algunas personas en principio afectas a la causa hubieran cambiado de bando o adoptado posturas más contemporizadoras o eclécticas, entraba dentro de lo normal en las circunstancias bélicas del momento. No obstante, ciertos virajes políticos por parte de algunas personalidades estaban teniendo una fuerte repercusión entre los miembros de la comunidad española y habían alimentado la confusión y creado un clima de desconcierto respecto al futuro que les aguardaba.

XIMÉNEZ: Bataan ya ha caído y Corregidor está al caer. Es cuestión de días. Una vez haya caído la Roca los americanos tardarán mucho tiempo en volver a recuperar Filipinas. Si MacArthur decide volver, como ha prometido que hará, lo tendrá muy difícil. Hoy por hoy, Japón es imbatible. Ésta es la realidad.

CORREA: Me gustaría creerle, Ximénez, pero ya veremos. Por cierto, hablando de otra cosa, ¿usted era amigo de Ramón Santaolalla, verdad?

Ximénez apura la copa de coñac y deja que el líquido inunde su boca antes de que fluya por su garganta.

CORREA: Pues ahora está en Panay. Trabaja como administrador de la destilería de Iloilo, que dirige mi yerno Santacreu Junior. Parece que están muy contentos con él.

XIMÉNEZ: Me alegro de que los negocios le vayan bien.

Lo que no puede saber Ximénez es que Santaolalla ha aceptado el puesto ofrecido por Santacreu porque la destilería estaba muy cerca de una de las mayores bases militares de los japoneses en el archipiélago, lo que la convertía en un observatorio privilegiado para que el agente *Aurelio* pudiese informar sobre movimientos de tropas.

CORREA: En fin, Ximénez. Ojalá todo vaya bien.

XIMÉNEZ: Yo, de usted, don Pedro, no me preocuparía en demasía. Mande quien mande, los negocios son los negocios. Y usted los tiene en abundancia.

SEIS

La isla de Corregidor mide unas cuatro millas de largo por media milla de ancho en su punto más amplio. Tiene forma de renacuajo y es de naturaleza calcárea. Situada a la entrada de la bahía de Manila, entre la península de Bataan y Cavite, dista 26 millas de la capital. En los tiempos de la corona española la isla de Corregidor sirvió de estación de señales. Cada vez que se avistaba una nao o un galeón se encendían hogueras para informar a Manila de su cercanía. Según el número de hogueras se sabía si el buque era de bandera española o extranjera. Más tarde, en 1836, con el aumento del tráfico marítimo, se instaló un pequeño faro en la parte más alta de la isla y en 1897 se construyó otro mayor. Los españoles fortificaron también la isla con una serie de baterías y cañones, más intimidatorios que efectivos. Tras el desastre de 1898 fueron los americanos quienes revalorizaron su posición estratégica y reforzaron el sistema de defensas, construyendo túneles y edificios militares como parte del programa de defensa portuaria de Manila y Subic Bay. Al estallido de las hostilidades las docenas de morteros de 12 pulgadas y alcance de hasta 14.000 yardas fueron usados como apoyo a las fuerzas filipino-americanas concentradas en Bataan y en contra de las tropas japonesas estacionadas en torno a Cavite. Asediada constantemente por la artillería enemiga, Corregidor resistió hasta la primavera de 1942. El 6 de mayo el último de los cuatro morteros de Battery Bay quedó inservible. Cuatro días antes había sido destruida, por una única bomba, la Battery Geary. El gigantesco cañón de 12 pulgadas y alcance de 29.500 yardas de Battery Hearn todavía funcionaba cuando los japoneses ocuparon la isla. La noticia de la rendición de Corregidor, último baluarte de la USAFFE en Filipinas, se esparció rápidamente por toda Manila, aventada por la maquinaria propagandística nipona que veía en la costosa toma de la Roca el símbolo de su inapelable superioridad.

El impacto de la caída de Corregidor fue demoledor entre los reclusos del STIC. La mala nueva cayó como un jarro de agua fría y rebajó ostensiblemente las escasas esperanzas de una pronta liberación. Tiempos aún más difíciles les aguardaban a todos ellos. Para Kate Ferguson, sin embargo, hacía días que éstos habían comenzado.

Para su sorpresa, el interrogatorio al que fue sometida por parte de Matsu fue más llevadero de lo que podía suponer. Tal vez, pensó, se trate de una táctica para ganarse primero al interrogado y luego sacarle la información deseada. Las preguntas que fue desgranando el taxidermista, convertido ahora en esbirro de las fuerzas represivas japonesas, insistían obstinadamente en el supuesto de que Kate había trabajado como agente del servicio de inteligencia americano. De nada le había servido a Kate negar la mayor. Fiel al guión preparado por el coronel Yamaguchi, Matsu se empeñó en saber algunos detalles: desde cuándo trabajaba como agente, cómo se llamaba su enlace en Manila, quiénes eran sus informadores, dónde solían verse, con qué frecuencia, etc. Kate se limitó a negar una y otra vez tales cargos, pero no parecía que con sus negativas hubiese convencido a su interrogador.

Acabado el interrogatorio, Kate no fue conducida a la sala donde se alojaba, en el edificio de las mujeres, sino a las celdas de castigo de los sótanos de la biblioteca. Allí, en un pequeño habitáculo de no más de cuatro metros cuadrados fue encerrada, a oscuras, sin ni siquiera un jergón donde echarse, ni una silla, ni una bacinilla. Estaba sola entre las cuatro estrechas y húmedas paredes y un áspero suelo lleno de excrementos, vómitos de antiguos ocupantes y decenas de cucarachas.

Lo que más temía Kate era que, en cualquier momento, utilizasen con ella alguno de los temibles métodos de tortura que por desgracia habían ya probado cientos de personas desde los primeros días de la ocupación. Ciertos o no, la sola descripción de tales métodos creaba entre los reclusos un ambiente de temor que lógicamente beneficiaba a los ejecutores. Pero no fue así.

En aquel cubil infecto permaneció Kate tres largos e inacabables días, sin haber probado bocado ni bebido un vaso de agua. Al salir, Matsu le dijo:

—Estoy convencido de que nos volveremos a ver, señorita Ferguson.

Kate sabía que no mentía. Le miró a la cara y murmuró:

—Vete al infierno.

Matsu no la oyó. O no quiso oírla.

Cuando Kate regresó a su parcela, junto al resto de sus compañeras, le pareció un sitio fantástico.

Poco a poco, pese a la rígida férula impuesta, Manila fue recobrando una cierta normalidad. Se volvieron a abrir tiendas, cafés, bares y restaurantes. De los casi cincuenta teatros que había en Manila antes de la guerra, más de un tercio había vuelto a abrir sus puertas. En los cines se exhibían películas, debidamente censuradas. Los periódicos, bajo nuevas direcciones, saludaban desde sus editoriales la vitalidad de los manilenses y elogiaban, como no podía ser menos, el nuevo impulso social y cultural capitalino. Todo parecía como antes, sólo que no era como antes.

El Galeón, propiedad de un hispano-filipino, es uno de los restaurantes de Ermita que, tras la obligada interrupción, ha abierto de nuevo las puertas con gran éxito. Son ahora las 22 horas de un sábado, y el comedor principal está repleto de clientes que comen, beben y charlan animadamente. Algunos, con suerte, han conseguido un reservado. En uno de estos reservados hay una mesa ocupada por una pareja, un hombre y una mujer. Un camarero acaba de retirar dos platos de la mesa: uno de cordero asado y otro de chuletas de cerdo. El primer plato, del que no queda nada comestible, corresponde al del hombre; el segundo, del que queda casi todo, al de la mujer.

—¿Por qué has comido tan poco? —pregunta Ximénez a su acompañante.

—No tengo apetito, contesta Gloria.

—Pues deberías tenerlo, después de las noticias que te he dado. ¿O es que no te alegras?

—Claro que me alegro y te lo agradezco mucho, pero es que se me han quitado las ganas de comer. Será por la emoción.

—Todo irá bien, no te preocupes. El club del que te he hablado todavía no se ha inaugurado, está a la espera de los correspondientes permisos, ya sabes, pero no hay problema. Pronto empezarás a trabajar y a ganar dinero. Lo que no te puedo adelantar es el sueldo, eso es cosa de tu nuevo jefe, pero seguro que te paga bien. Lo importante es que ya tienes trabajo. ¿Era lo que querías, no?

—Sí, claro, pero es que todavía no me hago a la idea.

—Pues es tan cierto como que tú y yo estamos aquí, ahora, solos, sin que nadie nos moleste, fuera de miradas inquisitivas...

Antes de que Gloria pueda reaccionar, Ximénez le coge la mano. Ella parece tener un instante de duda, pero no la retira. Él sigue acariciándole la mano con suavidad mientras la mira directamente a los ojos. Ella desvía la mirada y no dice nada. Desde que aceptara la invitación de Ximénez es consciente de que podían pasar estas cosas. Por eso ahora no le extraña que Ximénez le proponga:

—Vamos a mi casa a tomar una copa.

Ximénez pide la cuenta, paga, deja la propina haciendo un guiño al camarero y, dándole el brazo a Gloria, atraviesa el comedor principal, repleto de clientes que siguen comiendo, bebiendo y charlando animadamente.

SIETE

Tan pronto como Filipinas sucumbió a manos de los japoneses, un difuso ejército secreto comenzó a operar en la sombra. Aquí y allá núcleos de resistencia se prepararon para una larga lucha. Su objetivo: continuar combatiendo a los japoneses, con todos los medios a su alcance, hasta echarlos del territorio filipino. En pueblos y montañas del interior de Luzón, diversos grupos guerrilleros y combatientes seguían su particular lucha, poniendo en jaque a las fuerzas de ocupación. En las calles de Manila aparecían sorpresivamente carteles patrióticos, firmados por los autodenominados Luchadores Filipinos por la Libertad, para advertir a los ciudadanos que no todo estaba perdido. Sabotajes y atentados venían a recordar la existencia de grupos resistentes capaces de jugarse la vida por defender el «suelo patrio» de las «garras amarillas».

Algunos nombres de jefes guerrilleros y resistentes empezaron a sonar, de forma insistente, entre los habitantes de Manila y provincias limítrofes. Relatos de sus arriesgadas acciones iban de boca en boca, transformándose y amplificándose hasta alcanzar en ocasiones categoría de gestas extraordinarias. Uno de estos nombres o, mejor, sobrenombres —pues los verdaderos no se sabían y si se sabían no se decían— era el de un tal Perbat, que tenía su área de acción en la provincia de Laguna. De él se contaban audaces golpes de mano que traían de cabeza a las escasas fuerzas japonesas desplegadas en la región. Así, se contaba que Perbat había llegado incluso a las inmediaciones de Manila para volar un depósito de combustible. ¡Y lo había hecho a plena luz del día! En otra ocasión había tiroteado a un jefe de la policía secreta japonesa a la salida de un cine. Para acabar de redondear el relato se decía que la película que acababa de ver el japonés se titulaba *El precio de la traición*. Lo malo de estas acciones era que, en contrapartida, traían aparejadas fulminantes represalias. «Por cada japonés muerto, morirán diez filipinos», amenazaban los bandos de las autoridades, y la gente sabía que lo cumplían a rajatabla. Pero eso no impedía que prosiguieran las incursiones guerrilleras: «Por cada filipino muerto, morirán diez japoneses», respondían desde el otro lado los carteles de los Luchadores por la Libertad, y la gente sabía que no siempre podían cumplirlo.

Inmediatamente después de la caída de Bataan, el general Homma ordenó que los prisioneros americanos y filipinos fueran trasladados al campo de concentración O'Donnell, en la provincia de Tarlac. Interesaba que la península quedase lo más expedita posible para poder proseguir con la máxima intensidad el ataque final a Corregidor. Desde Mariveles una larga columna de decenas de miles de soldados se puso en movimiento. Romualdo Cumplido era uno de los miles de prisioneros famélicos, desarrapados y con la moral por los suelos que emprendieron la desdichada marcha.

El trayecto previsto era de unos 90 kilómetros. Primero tenían que ir a pie y en camiones a San Fernando, en la Pampanga; de allí, en tren, hasta Capas, en Tarlac; y, por último, de Capas a Camp O'Donnell otra vez a pie. Los japoneses calcularon que el viaje duraría un par de días o tres. En realidad tardaron más de una semana.

De Mariveles al empalme de San Fernando, bajo un sol de justicia y una humedad pegajosa, la larga columna de prisioneros tardó cinco días en llegar. En este tiempo no les dieron comida; no permitieron que los nativos les ayudaran y sólo una vez se pararon a beber agua. Quienes a hurtadillas se atrevieron a beber agua de un charco o de un cuenco generosamente ofrecido por algún campesino, fueron al punto apaleados a culatazos. Muchos prisioneros murieron a consecuencia de las tremendas palizas, al igual que los campesinos que se habían atrevido a darles agua o comida. A quien por agotamiento o debilidad se caía al suelo, incapaz de seguir caminando, se le remataba con un bayonetazo al corazón o de un tiro a la cabeza.

Como el resto de compañeros, Cumplido se encontraba al límite de sus fuerzas, pero algo en su interior le empujaba a seguir andando, a soportar los insultos y los malos tratos, sin sospechar que lo peor aún estaba por llegar.

Con las primeras lluvias, tras meses de interminable sequía, se había inaugurado el esperado Fuji-Yama Club —a nuevos tiempos, nuevos nombres—, el cual pretendía convertirse, con el beneplácito de las autoridades, en el más selecto *night-club* de la ciudad. Era su propietario un japonés filipino que en menos de un año había pasado de vender helados de apa a dedicarse a negocios del espectáculo con la colaboración de su socio Oskar Krauss, un austriaco que había trabajado como gerente en la sucursal manilense de la naviera Hamburg-Amerika. Fue a este último a quien había recurrido Ximénez para recomendar a Gloria Calisig. Y así fue cómo Gloria comenzó a trabajar como *hostess* en el club Fuji-Yama.

A la apertura del «más internacional cabaret de la nueva Filipinas» —como rezaba la propaganda en diarios y carteles callejeros— asistió un numeroso y variopinto público, desde altos cargos y representantes del nuevo orden a empresarios, artistas y habituales de la noche. La inauguración vació de clientes otros locales nocturnos y se convirtió en el evento social de la temporada. Entre el público asistente aquel día se hallaba Ximénez, con camisa azul de seda y elegante esmoquin blanco. El español aprovechó para hacerse ver y departir cortésmente con algunos de sus amigos y conocidos de la élite manileña allí congregada. Sin embargo, lo que más le importaba a Ximénez era seguir las evoluciones de Gloria; la cual, embutida en un escotado y ceñido vestido de lamé azul, lograba destacar entre un rutilante mar de brillos y lentejuelas.

Había iniciado el *floor show* el grupo folclórico Balantang con una danza ritual de cortejo igorrote; luego había salido una pareja de baile, Celia & Jorge, quienes bailaron una extenuante rumba y un sensual tango de salón; y, para terminar el primer pase, la vocalista Sandra Estévez, acompañada de la Orquesta Montenegro, cantó varias canciones melódicas en tagalo y una en japonés, deferencia esta recibida con calurosos aplausos por parte del sector nipón del público.

Tras las atracciones Gloria fue reclamada por el coronel Miura, desde una mesa, para que le acompañase. En la barra, sin perder movimiento, Ximénez no dejaba de observar a la pareja. Pidió un coñac y se lo bebió de un par de tragos. Luego se dirigió hacia la mesa donde estaban Gloria y Miura.

—Con su permiso, coronel —empezó diciendo Ximénez—. Necesitaría hablar unos momentos con la señorita Gloria. Si es tan amable...

El japonés se quedó mirando a Ximénez con cierta cara de estupefacción.

Le espetó:

—No acostumbro a atender a desconocidos.

—Disculpe por no haberme presentado. Me llamo José Alfonso Ximénez de Gardoqui. Para servirle. Soy español y funcionario en el consulado de España en Manila.

—Coronel Miura.

—Encantado.

—Hable con ella, pero luego me la devuelve.

—No se preocupe, mi coronel.

Cuando estuvieron fuera del alcance de la vista de Miura, Ximénez agarró con fuerza a Gloria del brazo y la asaetó a preguntas:

—¿De qué estabais hablando, eh? Dime: ¿qué le decías? ¿Te ha propuesto acostarte con él? Contesta...

Gloria trató de zafarse.

—Me estás haciendo daño —le dijo.

Ximénez la soltó.

—Perdona. No quería hacerte daño.

—¿Pero quién te has creído que eres? —saltó Gloria—. Déjame en paz. Creo que ya te has cobrado con creces el favor, ¿no te parece?

Gloria todavía tenía fresca en la mente la noche en que, después de la cena en el restaurante El Galeón, aceptó ir a casa de Ximénez. Una vez allí Ximénez ni siquiera esperó a invitarla a una copa. Ya en la entrada empezó a desnudarla y a meterle mano. Gloria sabía a lo que se exponía aceptando la invitación y no opuso resistencia. La empujó hacia la pared. Luego él se desabrochó la bragueta y le dijo que se la chupara. Lo hizo. Cuando estuvo bien empalmado la obligó a darse la vuelta y la embistió por detrás con fuerza.

Hacía un minuto que las luces de la sala se habían atenuado y los suaves compases de un bolero incitaban a las parejas a salir a la pista de baile.

—Baila conmigo, Gloria —le dijo Ximénez mientras le acariciaba su sedoso y oscuro cabello.

—Ahora no puedo.

Y Gloria se marchó a la mesa donde el coronel Miura aguardaba impaciente con una nueva botella de champán.

—Tu amigo parece muy impulsivo, por no decir mal educado —le comentó Miura.

—No es mi amigo.

—Ah, entonces mejor. Quiero decir mejor para mí... para los dos. ¿Brindamos?

Miura tomó su copa y Gloria la suya.

—Por nosotros. Por nuestra amistad —dijo el japonés.

Gloria se limitó a sonreír y a sorber un poco de champán. No le gustaba el champán. No le gustaba Miura. No le gustaba Ximénez. Pero, después de tanto tiempo, ella tenía un trabajo y, por encima de todo, quería conservarlo.

En el despacho de Yamaguchi, en el STIC, reina a primera hora de la tarde una quietud soporífera. Las aspas del ventilador del techo giran perezosamente removiendo el aire caliginoso de la habitación.

—Verá, señorita Ferguson, no me gustaría que me viese como una mala persona. Pensé que usted era una espía porque mis informes así lo decían y yo tenía que fiarme de los informes. Pero a veces los informes fallan. Lo siento y entiendo que sabrá perdonarme por las molestias que esto le ha ocasionado.

Yamaguchi hace una pausa, que aprovecha para sacar una pitillera y ofrecer un cigarrillo a Kate, que rehúsa.

—¿Sabe una cosa, señorita Ferguson? Ustedes los americanos nos juzgan muy severamente. No se dan cuenta de que las cosas han cambiado radicalmente en esta parte del mundo. Piensan que todavía tienen ascendencia sobre las gentes asiáticas. Y se equivocan. Gravemente. Utilizando las palabras de su venerado Monroe, podríamos decir que «Asia, para los asiáticos». ¿De qué extrañarse? Pero esto nunca lo han entendido así. Han preferido seguir creyendo que no ha pasado nada en estos últimos años, que todo seguía igual que cuando vinieron a ocupar estas islas. Y, una vez más, se han equivocado. Y esta vez les está costando muy cara la equivocación. Pero, créame, no sé por qué, en el fondo ustedes me caen bien. Lo cierto es que sus paisanos me trataron muy bien cuando estuve en su país. Aprendí mucho, cosas buenas y cosas malas que me sirvieron para conocerles un poco mejor.

Yamaguchi hace otra pausa. Esta vez se mantiene en silencio, mirando a Kate, hasta que ésta se ve obligada a decir algo.

—Celebro que le fuese bien en América. No quiero ni pensar si le hubiese ido mal...

La contestación de Kate no le hace ninguna gracia a Yamaguchi, que de inmediato cambia el gesto. De uno pretendidamente amable pasa a otro adusto, casi hostil.

—Una de las cosas que aprendí en América es que ustedes suelen ser bastante toscos y groseros, además de simples. Si me permite decirlo, nada que ver con la sutileza y la elegancia que caracterizan a las personas de mi raza. Pero no quisiera entrar en comparaciones. No sólo son odiosas, sino estúpidas. Así que cambiemos de tema. ¿Qué tal le va en la biblioteca?

—Creo que hago mi trabajo a satisfacción del cliente. No he recibido quejas de momento.

—¿Le gustaría cambiar de puesto? Se lo digo porque he pensado que usted, como periodista y escritora, podía trabajar en mi gabinete de prensa. Se encargaría básicamente de la corrección de estilo de los textos en inglés. ¿Qué opina al respecto? Desde luego que el cambio de cometido vendría acompañado de una mejora de las condiciones de estancia en este centro.

Antes de que Yamaguchi pueda precisar más sobre el ofrecimiento, Kate le ataja:

—Gracias, pero no me interesa. Prefiero continuar en la biblioteca. Allí estoy bien. No quiero privilegios ni tratos de favor. Si tengo que pasar aquí el tiempo que haga falta prefiero hacerlo como una interna más.

—Muy bien, como usted quiera. Pero sepa que no lo hacía para que me lo agradeciese.

—¿Puedo marcharme?

—Puede irse, si quiere.

Kate se levanta del asiento, cruza el despacho y antes de salir se vuelve hacia el general y le dice:

—¿De verdad creía que iba a aceptar su ofrecimiento?

Yamaguchi permanece unos segundos sin decir nada y luego le contesta:

—No. Al menos de momento.

—Eso me tranquiliza.

Y Kate sale del despacho.

TERCERA PARTE

Entre ruinas

Intramuros no era sino escombros; un recuerdo derruido.

TEODORO A. AGONCILLO

UNO

Según la memoria redactada en 1876 por el ingeniero de caminos Eduardo López Navarro, la red ferroviaria de la isla de Luzón habría de tener al término de su construcción un total de 1.730 kilómetros. En ella se proponía como prioritaria la línea de Manila a Dagupan, de casi 200 kilómetros. Y, en efecto, ésta fue la primera en acometerse y la única ejecutada bajo la administración española. Iniciado el proyecto en 1883 las obras se empezaron cuatro años más tarde. La línea, cuya explotación por secciones empezó en 1892, constaba de 26 estaciones de ladrillo y hierro. La de San Fernando de la Pampanga —la decimotercera incluyendo la de Tutuban, en Manila— era de segunda clase.

Ajenos a los pormenores constructivos del trazado del ferrocarril, los prisioneros de Bataan fueron metidos en vagones en San Fernando y trasladados hasta la estación de Capas, en la provincia de Tarlac, tras pasar por las de Ángeles, Mabalacat y Bambang. Iban de pie, como ganado. El calor era asfixiante y el olor insoportable, pero esto era lo de menos. Tan apretados iban que entre ellos se sostenían para no caerse. Si uno se desmayaba, lo que era frecuente, no se caía al suelo.

De la estación de Capas todavía les faltaban diez kilómetros a pie, por un camino de grava, hasta llegar al campamento O'Donnell, su lugar de destino.

Rummy Cumplido tenía los pies destrozados y estaba al borde de la deshidratación. No podía más. Por el camino vio un excremento de carabao, la cogió y se lo llevó a los labios para extraerle algo de líquido. La sed era tan fuerte que, aun sabiendo el peligro que acarreaba, no pudo resistirlo.

Con desesperanza veía cómo algunos de sus compañeros caían para no volver a levantarse más. Ajenos a la tragedia los soldados japoneses seguían golpeando y asestando bayonetazos mientras la columna de prisioneros iba dejando a su paso un reguero de esqueléticos cadáveres, parco festín de buitres y animales carroñeros.

Rummy trató de pensar en algo que no tuviera que ver ni con comida ni con desgracias, pero le resultaba imposible. Por su mente pasaban fugaces recuerdos deslavazados, a modo de inconexos flashes, pero no se veía capaz de fijar ninguno de aquellos recuerdos para recrearlo con cierta nitidez. Por un momento pensó que lo lograba y trató de retener una imagen agradable: en el pueblo donde nació, de pequeño, yendo a pescar al río con su padre y luego volviendo a casa y su madre esperándoles para cocinar el pescado. Le vinieron a la memoria los versos de uno de los poemas que había escrito durante su estancia en California:

aquellos días de la infancia,
entre arrozales y esteros...

Más tarde quiso pensar en Kate y en el último día que pasaron juntos en Manila, pero le fue imposible.

Habían llegado a Camp O'Donnell.

Quiere la leyenda que sucedieron los hechos en Pitpitan, provincia de Bulacan, donde la selva crece tupida y extraños reptiles se deslizan sinuosos entre la maleza. Allí, en un rincón encantado de la jungla, se divisan titubeantes luces nocturnas y se oyen extraños ruidos y gemidos espantosos. Hubo un tiempo en que en aquel lugar vivió un hombre llamado Kasuy. Era un hombre avaro, huraño y cruel. Tenía dos perros negros, de aspecto feroz y caninos mortales, y nadie osaba aproximarse por miedo a ellos. Un día, se acercó por la casa una mendiga y llamó a la puerta para pedir limosna. Al verla, Kasuy se enfureció y le echó los perros encima, que la emprendieron a dentelladas con ella. A los gritos desgarradores de la pobre mendiga acudieron algunos vecinos que encontraron a la infeliz medio muerta a la entrada de la casa de Kasuy. La recogieron e intentaron sanarle las heridas, pero la pobre mujer murió, no sin antes maldecir a Kasuy y desearle la muerte ahogado en sus propias riquezas. El avaro, cuando lo supo, se rió de la amenaza. Poco tiempo después, mientras paseaba por las inmediaciones, se cayó a un pozo y se rompió la pierna. Kasuy pidió auxilio, pero ningún vecino acudió a socorrerle y se fueron todos del lugar. Y he aquí que, de improviso, el cielo comenzó a oscurecerse y estalló una terrible tormenta. Los árboles empezaron a crecer y a crecer, multiplicando sus ramas y lianas; la selva se hizo más frondosa e impenetrable y los sembrados de Kasuy fueron avanzando hasta aprisionar al avaro en el pozo. Allí acabó sus días, entre horribles padecimientos e inútiles súplicas, ahogado por sus propias riquezas. Luego la selva se adueñó de aquel paraje, destruyó la casa de Kasuy y todo lo que había en ella. Por eso se dice que aquel lugar está encantando y que el alma del avaro lucha desde entonces contra la espesura de la jungla sin poder salir nunca de ella.

Una compañera de sala le había estado contando aquella misma tarde la leyenda y ahora Kate, en sueños, la había revivido, despertándose agobiada, en medio de la noche. La sala estaba a oscuras, sus compañeras dormían. Una de ellas roncaba. Hacía calor y la sala olía a sudor y a humedad rancia. Kate se incorporó sobre el jergón y durante unos segundos no supo dónde se hallaba. Luego, poco a poco, empezó a vislumbrar a su alrededor sombras y bultos. Y supo que el mal sueño continuaba.

Oskar Krauss, alto, rubio, con un esmoquin impecablemente cortado, otea desde una posición discreta al personal de la sala de baile del Fuji-Yama. La orquesta Montenegro ataca un brioso fox-trot, desperezando a las pocas parejas que en aquel momento —primeras horas de la noche— se encuentran en el club. En la barra del bar Ximénez habla, casi en susurros, con Gloria Calisig.

—Ten cuidado con lo que sale de tu boca. Hay mucho espía suelto entre la clientela —le dice Ximénez.

—¿A qué viene esta advertencia? —contesta Gloria.

—Tú debes saberlo. Me han llegado rumores de que en este club hay quien se dedica a sonsacar información a clientes japoneses y pasársela luego a la guerrilla.

—¿Quién te ha contado eso?

—No voy a decirte la fuente, pero me fío de ella.

No iba desencaminado Ximénez, no era el único que sospechaba aquel juego entre bambalinas. Lo que no sabía aún era que Gloria ya había sido reclutada desde hacía un par de semanas para la resistencia. Fue por mediación de una de las inquilinas de la pensión donde se alojaba que Gloria entró en contacto con un miembro de una de las células o «grupos subterráneos» que operaban en Manila. Su función era recabar información para pasarla a las guerrillas filipino-americanas establecidas en torno a la capital. Al principio Gloria se mostró reticente a este tipo de trabajo, pero acabó por decidirse una noche en que vio cómo unos soldados japoneses acosaban y maltrataban, a la salida del club, a una de sus compañeras, una bailarina del conjunto Balantang. Tras un período de prueba, Gloria fue convocada a una reunión del grupo en una casa particular donde conoció al «coordinador» y a algunos de sus nuevos compañeros. Allí se le dio el nombre en clave con el que a partir de entonces sería conocida: *Badana*. El hecho de trabajar en un local público, con mucha clientela japonesa, facilitaba enormemente su tarea.

Gloria se sorprendió de lo que podía llegar a sacar con sólo saber escuchar y dirigir sutilmente una conversación. Los japoneses, sobre todo los mandos intermedios, eran por lo general lo bastante ingenuos como para rajar a las primeras de cambio. Algunos, con tal de darse una importancia que no tenían, eran capaces de revelar instrucciones secretas. Otros hablaban de cosas aparentemente triviales para ellos, pero de gran utilidad para sus oponentes. La información adquirida podía parecer a Gloria poco relevante:

cambios de destino, una compra de víveres, un envío de bicicletas del Japón… pero convenientemente contrastada con otras resultaba de gran utilidad para programar y acometer determinadas operaciones guerrilleras.

La información, escrita en clave, solía dejarla Gloria en un lugar convenido. Podía ser debajo de un felpudo, o dentro de un paragüero o un jarrón. Lo recogía un mensajero o «correo», generalmente un cliente, quien se encargaba de hacerla llegar al coordinador del grupo. Una vez descifrado y contrastado el mensaje era reenviado al contacto asignado en la guerrilla.

Para Gloria ayudar a la resistencia era un deber. Había visto y vivido demasiadas injusticias como para permanecer impasible ante ellas. En modo alguno se consideraba una heroína. Sabía que sólo era una de las muchas personas que en Manila y en otros pueblos y ciudades de Filipinas trataban de salir adelante como buenamente podían. Y eso ya era mucho.

—Vete con cuidado —le dice Ximénez.

—No te preocupes —le contesta Gloria—. Pero te agradecería que no te metieras en mis asuntos. Lo que yo haga o deje de hacer es cosa mía, sólo mía.

—¿Es que no puedo decirte nada? Después de lo que he hecho por ti…

—Oye, mira, tengo que dejarte. El jefe me está mirando, y debe estar pensando que estoy perdiendo el tiempo. Así que discúlpame.

Gloria se aleja de la barra y Ximénez se queda en ella. Circunspecto, ve cómo Gloria habla ahora con un tipo gordo, con gafas y un peluquín demasiado obvio. Después de un breve intercambio de palabras, ambos se dirigen a una mesa y se sientan. Ximénez observa otra vez al individuo y tiene la sensación de que su cara no le es del todo desconocida. Con esta idea en la cabeza Ximénez paga y se va.

—La he estado observando antes y he visto que hablaba con un hombre en la barra —le dice a Gloria el gordo del peluquín. ¿Le conoce bien?

—No —responde Gloria—. No puedo decir que lo conozca bien. Me ayudó a encontrar empleo en este club.

—Entiendo. ¿Es español, no?

—Sí.

—¿Se apellida Ximénez?

—Sí.

—Ya sé que no es de mi incumbencia pero, ¿podría decirme cómo le conoció?

—Usted lo ha dicho. No es de su incumbencia.

—Perdone. He sido demasiado brusco. ¿Puedo invitarla a una copa?

—Para esto estoy aquí.

—Entonces pida lo que quiera.

Y Gloria pide champán.

Llegados a Camp O'Donnell la mayoría de prisioneros filipinos se desmoronaron, presos de la malaria y la disentería. El ambiente en los barracones de madera era irrespirable y la llamada «enfermería» apenas podía acoger a unos cuantos enfermos terminales. El número de fallecimientos por día era de 150 a 200. No daba tiempo a enterrarlos. Los cadáveres se amontonaban a la espera de su traslado a improvisadas fosas comunes. El desfile de

prisioneros acarreando los cadáveres de sus compañeros era continuo tanto de noche como de día. A los vivos, o mejor, supervivientes, les daban para comer media taza de arroz al día y un pocillo de agua de vez en cuando; agua que había que hervir necesariamente so pena de enfermar. Más de uno, urgido por la sed, optó por beberse su propia orina.

Rummy Cumplido era un esqueleto más entre otros muchos. Lo que le diferenciaba del resto era que todavía, a pesar de todo, mantenía un hálito de esperanza. Tenía un compañero de barracón, el cabo Rufino Ensenada, que tenía planeado fugarse. Una noche, entre los gemidos de sus compañeros, había dicho al oído de Rummy:

—Yo me voy mañana, no aguanto más. Prefiero que me maten intentando salir del campo que pudrirme aquí dentro.

—También me escaparía yo, Rufino, si supiese cómo hacerlo; pero no veo la manera.

Llegó el día siguiente y el cabo Ensenada aprovechó que tenía que trasladar un cadáver a la fosa común para traspasar la alambrada de espinos. No logró ir más allá de unos veinte metros. Fue acribillado sin contemplaciones por un guardia desde la torreta de vigilancia.

Como represalia, el jefe del campamento ordenó que veinte prisioneros fuesen pasados por las armas. En adelante, y como factor disuasorio, el general hizo organizar a los prisioneros en grupos de diez. Si uno del grupo escapaba, morirían los otros nueve. Si lo hacían todos, moriría otro grupo entero. Esto acabó de convencer a Cumplido de que no valía la pena poner en peligro la vida de sus compañeros con vanos intentos de fuga.

Y así se sucedían los días en Camp O'Donnell, entre el hambre, la brutalidad y la vejación; viendo a los compañeros morir o agonizar sin poder hacer nada y esperando cada vez con menos convencimiento que algún día se acabase aquella ignominia.

Tras llamar a la puerta con tres golpes suaves, la voz del mayordomo se oyó detrás de la puerta del despacho del dueño de la casa.

—Señor, ha venido el señor Ximénez. Dice que quiere verle.

Al otro lado de la puerta respondió don Pedro Correa.

—Te he dicho mil veces que no me molestes cuando estoy trabajando en el despacho. Dile que estoy ocupado.

—Dice que es importante.

—Me da igual. No estoy para nadie.

Don Pedro se hallaba realmente ocupado. Se entretenía con una de sus sirvientas, una *dalaga* que le traía de cabeza. Ella se había arremangado la falda y su amo le estaba restregando por la vulva una ristra hecha con pequeñas caracolas. Después las olía una por una con fruición. Aseguraba don Pedro que el olor a coño púber le recordaba el mar y hacía que los ejemplares adquirieran visos de recién cobrados.

El mayordomo bajó las escaleras mientras iba pensando en cómo deshacerse del inoportuno visitante. Cuando estuvo frente a Ximénez, que esperaba impaciente en el recibidor, el mayordomo le dijo:

—Lo siento, pero el señor se halla indispuesto y no puede recibirle.

—Oiga, mire, es muy importante que le vea. Por favor, insista.

—Lo siento, ya le he dicho que el señor está indispuesto y no puede recibirle.

Contrariado, Ximénez iba a insistir una vez más cuando apareció en la sala el chófer y guardaespaldas de Correa, un maguindanao de corpulenta complexión y mirada petrificante, el cual, sin abrir la boca, agarró a Ximénez por las solapas de la americana y lo sacó casi en volandas hasta la puerta de entrada de la mansión.

—Ya ha oído al mayordomo. El señor no recibe. ¿Está claro? —dijo el chófer.

Ximénez no podía quedarse impasible ante el desplante recibido y quiso enfrentarse físicamente al gigantón. Pero éste, antes de que Ximénez pudiera ponerle la mano encima, tenía ya la suya agarrándole el paquete con fuerza. Luego, con la otra mano, sacó una navaja del bolsillo, le rajó la botonadura de la bragueta y le dijo:

—¿Quieres ver cómo te arranco las pelotas, castila mamón?

Ante lo cual, haciendo una rápida valoración de la situación y ante la perspectiva más que probable de una emasculación en toda regla, Ximénez optó, muy a su pesar, por batirse en retirada.

A oídos de Ximénez habían llegado, por distintos cauces, rumores de la desafección, por no decir traición, del rico industrial. No era el único, ni sería el último, de los otrora militantes falangistas que se habían ido desentendiendo de antiguos compromisos, pero don Pedro Correa era uno de los que más habían colaborado y de los de mayor confianza de Ximénez. No obstante, el apoyo prestado a la ocupación de los japoneses no había traído los beneficios económicos y personales que muchos entusiastas de primera hora esperaban. Don Pedro había visto cómo las nuevas autoridades no sólo no le agradecían los esfuerzos llevados a cabo sino que le consideraban un estorbo para sus planes de futuro. Las relaciones con el nuevo poder se habían deteriorado considerablemente y las cuentas de sus negocios habían ido menguando, al tiempo que otros, más dúctiles o más espabilados, habían sabido sacar partido de la situación sin haber hecho antes ningún gesto projaponés. Ximénez era consciente de que su influencia en el consulado era cada vez más escasa; y sus relaciones personales con el cónsul, conflictivas. Al parecer, desde Madrid su postura tan beligerantemente antinorteamericana no se veía con buenos ojos dentro del juego sutil de relaciones internacionales que el gobierno español pretendía llevar a cabo. Tras una campaña de éxitos fulminantes, la guerra en el Pacífico no pintaba bien para la armada japonesa. Desde la batalla de Midway un giro en el equilibrio de fuerzas había hecho pensar a más de uno —entre los que se encontraba don Pedro— que los japoneses había salido tocados en su expansionismo y que una victoria marítima a medio plazo de las fuerzas americanas —con lo que esto podía significar para la liberación de Filipinas por MacArthur— no era en absoluto descartable.

Así pues, Ximénez se hallaba en una situación comprometida. No podía confiar en su jefe y se veía cada vez con menos apoyos entre sus antiguos correligionarios. Por si fuera poco, un mensaje anónimo recibido hacía unos días en su oficina le advertía de que se anduviese con mucho cuidado porque, decía textualmente, «alguno que dice ser tu amigo está tramando a tus espaldas algo malo en tu contra». Al principio no hizo caso del anónimo, pero luego dudó de su veracidad. Repasó mentalmente la lista de sus «amigos» y tuvo una corazonada. Fue entonces cuando se decidió a hablar con don Pedro.

«En la provincia de La Laguna, al noroeste del pueblo de Majaijas, se encuentra la gran cascada de Botocan, formada al precipitarse el río Camiatan en una sima de más de 250 metros de profundidad (...). Engrosado el Camiatan con las aguas que toma del monte volcánico Banabao y de los ríos Molinao, Samil y otros, y favorecido en su curso por la gran pendiente de su cauce, al pasar por Majaijai, aparece ya con una velocidad inconcebible, y así, al encontrar cortado a pico su lecho, extiende sus aguas hasta formar un caudal de más de treinta metros de ancho, y separándose bruscamente de la horizontal, va a caer formando una inmensa madeja de espuma sobre la honda sima, donde, ayudado por las grandes corrientes que pone en movimiento su masa, chocan y se extienden sus aguas con el estruendo más formidable, formando una lluvia de pulverización tenue y vaporosa que, al recibir los rayos solares, deja ver brillantes y repetidos los colores del Iris».

Así describe el comandante de Infantería D. Francisco Javier de Moya y Suárez, en su guía sobre las Filipinas de finales del siglo XIX, el espectáculo natural de la cascada de Botocan.

Muy cerca de este lugar, en una cueva oculta entre frondosa vegetación, tienen su escondrijo Perbat y su guerrilla.

Un «correo» de los Luchadores por la Libertad —un bata de no más de catorce años, vestido a la manera campesina— atraviesa el espeso bosque siguiendo un camino que sólo él y otros pocos como él conocen. Lleva dentro del salacot, en un doble forro, un mensaje para Perbat. Es una información en clave, como todas las informaciones que llegan hasta el gran líder guerrillero, cuyo escondrijo es uno de los más buscados por las tropas japonesas destinadas en la zona. Esta vez el mensaje que trae el correo ha estado a punto de irse al traste.

La información la consiguió Gloria en el Fuji-Yama Club de un cliente japonés, un comandante de Intendencia que había dicho que no iba a poder venir en una semana al club porque tenía que acompañar un convoy de avituallamiento para la provincia de Cagayan. Gloria transcribió la información lo más escuetamente posible, la encriptó y dejó el mensaje debajo de una mesa, pegado con chicle. El mensaje lo tenía que recoger uno de los correos habituales, pero en su lugar vino uno nuevo, que nunca había estado en el club, y a punto estuvo de que lo descubrieran al recogerlo. Finalmente pudo sacarlo del local y entregarlo en la sede del grupo, no sin antes haber sido registrado en un control rutinario en plena calle.

Ahora, el bata está delante del mítico jefe y espera contestación, si es que la hay. Entretanto tiene tiempo de fijarse en su cara, en sus gestos, en su mirada. Trata de retener sus palabras y sus rasgos para conservarlos vivos en la memoria y poder decir el día de mañana: «Yo conocí a Perbat». Tal vez para entonces la verdadera identidad de Perbat habrá dejado de ser un misterio. Pero en este momento en que el joven correo aguarda impaciente frente al gran hombre, todavía no sabe que su nombre real es Severino Lanay y que no hace mucho era conocido en los ambientes del hampa de Manila por sus certeros golpes de bolo.

DOS

El despacho de Oskar Krauss en el Fuji-Yama Club es una sala amplia, con paredes de madera noble, muebles de señorial empaque y cuadros ingleses de tema hípico.

Krauss está repasando unos papeles cuando entra el tipo gordo del peluquín.

—¿Estás ocupado, Oskar?

—Ah, eres tú, Werner.

—Te he dicho que no me llames Werner. Acostúmbrate a llamarme Franz, que es lo que pone en mi pasaporte.

—Perdona, me había olvidado.

Oskar se levanta y se acerca a Werner Hauptmann, ahora Franz.

Le besa.

Oskar se dirige a la puerta y la cierra.

—La próxima vez, querido Oskar, cierra la puerta después de entrar. No quiero que nos vean juntos, y menos en determinadas actitudes.

—Comprendido.

Franz se sienta en un sillón de piel mientras Oskar va hacia el mueble bar y saca un par de copas.

—He venido a ponerte sobre aviso —dice Franz.

—Soy todo oídos.

—Tengo la impresión de que en este local se espía.

—Viniendo de ti, lo que dices no me extraña en absoluto.

—Déjate de ironías y escúchame. Sospecho que alguno de tus empleados, tal vez más de uno, colaboran con la resistencia facilitando información sensible extraída a los clientes japoneses.

—¿Qué pruebas tienes?

—Pruebas, lo que se dice pruebas, ninguna. Pero indicios, varios.

—Por ejemplo.

—Una chica, Gloria se llama, o se hace llamar. El coronel Miura se ha encaprichado de ella, y se les ve mucho juntos.

—Eso no significa nada.

—Lo sé. Pero mi experiencia me hace ser precavido. La he hecho seguir. En ocasiones, al acabar el trabajo, en vez de irse a su casa se va a otra casa que no es la suya.

—¿Y?

—En esta casa es sabido que se reúne una de las llamadas «células resistentes».

—Puede ser mera coincidencia. A lo mejor va a encontrarse con su novio o amante.

—Un poco de seriedad, Oskar.

—De acuerdo. ¿Y qué quieres que haga yo?

—De momento, nada. Eso sí, yo la vigilaría más de cerca. Si esto se llega a saber, el negocio se hunde. Ningún japonés querrá venir al Fuji-Yama. Por tanto, no puedes asumir riesgos de esta clase.

—Entiendo.

Desde que hubo de salir de Manila a consecuencia del asesinato de Graciela, Werner Hauptmann había estado «apartado» del servicio por órdenes superiores. Durante todo este tiempo había residido en la isla de Cebú, aparentemente dedicado a los negocios de abacá. Sólo después de que se consolidase la ocupación japonesa regresó a Manila, esta vez con diferente aspecto y una nueva identidad: Franz Krüger, ciudadano alemán, de profesión comerciante.

Para entonces, Oskar Krauss, con el que Werner mantenía relaciones no sólo comerciales, había pasado de simple empleado contable de una modesta compañía austriaca de importación y exportación a convertirse en uno de los empresarios del sector del entretenimiento más favorecidos por las autoridades japonesas. Cómo lo había conseguido no se lo había preguntado su amigo, pero lo sospechaba. Fuera como fuera, no le importaba demasiado; le bastaba con acostarse con él de vez en cuando. En la cama, mejor no hacer preguntas.

Había habido una fuga la noche anterior. Por la mañana, el cadáver del desgraciado que había intentado huir colgaba de un palo en el patio central del campo. Los nueve compañeros de su grupo fueron fusilados aquella misma mañana.

Por la noche Rummy Cumplido tuvo una pesadilla. Soñó que estaba él en el palo y que los demás lo creían muerto, pero él estaba vivo y se daba perfecta cuenta de lo que ocurría a su alrededor. Luego lo iban a enterrar a la fosa común y no podía gritar ni hablar a sus compañeros. Podía sentir cómo le caían las paletadas de tierra en la cara... en el momento en que Rummy despertó sobresaltado. En la oscuridad vio que su compañero de al lado, el sargento Waterfield, tenía una luciérnaga en la mano y estaba jugando con ella.

—¿Qué pasa, Rummy?

—Nada, nada. Es sólo una pesadilla.

—Si sólo es eso...

Hacía unos días Waterfield se había sacado la funda de oro de una de sus muelas y se la había dado a un guardián del campo a cambio de una lata de *corned beef*. Sus compañeros le habían preguntado por qué lo había hecho. Era demasiado pago para tan poca comida. Y Waterfield les había contestado que tenía hambre y que el oro no se come.

La riña entre el gallo colorado y el negro había sido desigual y sangrienta. El gallo colorado había hecho trizas a su adversario con tres picotazos nada más comenzar la pelea. Lo que se vio después no fue más que la puntilla. En un visto y no visto el gallo perdedor fue retirado del coso, con gran dolor por parte de su propietario y de los que habían apostado por él. Enseguida taparon los charcos de sangre con arena y salió al redondel la siguiente pareja.

—Vamos afuera —le dijo Ximénez al cojo Cambalayang.

Dentro de la gallera el ruido era insoportable y hacía mucho calor.

—¿Sabes, Deodato? La próxima vez elijo yo el sitio.

—Ya sé, *apo*, pero aquí ser bueno para hablar. Cuanta más gente alrededor menos gente oye lo que dices.

Una vez fuera del local Ximénez le preguntó al Cojo qué sabía de los últimos movimientos de don Pedro Correa.

—Visitar Guinto.

—¿León Guinto? ¿El alcalde?

—Mismo.

—¿Y para qué coño querrá verlo?

—A lo mejor negocios.

—Ya. Qué mejor que ir a ofrecerle al alcalde su inquebrantable apoyo. A su disposición, don León. Lo que usted diga, don León... Aunque sea a costa de traicionar a sus amigos.

—No preocupar, *apo*. Cosa no segura.

Ximénez se estaba obsesionando con la posible traición de don Pedro Correa. Su semblante traslucía preocupación y enfado. Encendió un cigarrillo, dio un par de caladas y lo tiró al suelo. Murmuró algo por bajo y calándose el sombrero salió con paso cansino hasta perderse en la calle.

—Hasta luego.

Adentro, en la gallera, otro gallo acababa de palmarla. Su dueño, con lágrimas en los ojos, lo abrazaba y le daba besos. El hombre tenía las mejillas manchadas de sangre, y seguía llorando.

Como siempre, a primeras horas de la tarde, la penumbra envuelve el despacho de Yamaguchi en el STIC.

—Sabía que vendría, señorita Ferguson.

La voz del comandante del campo dejaba entrever un sentimiento de victoria.

—Me lo he pensado mejor, eso es todo —responde Kate.

—¿Y puedo saber qué es lo que le ha hecho cambiar de opinión?

—Un amigo, un filipino. Me he enterado de que está en Camp O'Donnell, en condiciones penosas. Si no sale de allí morirá.

—Y usted espera que yo le saque de allí. ¿No es eso?

—Así es.

—¿Y se puede saber qué gano yo a cambio, suponiendo que yo pueda hacer lo que usted desea que haga?

—Si todavía está vacante el puesto en el gabinete de prensa que me ofreció hace unos días, yo...

—El puesto está vacante. De hecho siempre lo ha estado para usted, señorita Ferguson.

—Que conste que sólo cuando mi amigo esté fuera, sano y salvo, aceptaré el puesto.

—No le garantizo que pueda sacar a su amigo del campo. Quiero decir que mi influencia no es tanta como para...

—No sea modesto, coronel.

—Lo que quiero darle a entender, y no bromeo, señorita, es que voy a intentar que trasladen a su amigo a otra prisión más, ¿cómo diría?, confortable. Asegurarle algo sería una jactancia por mi parte. Pero dígame, ¿quién le informó de la situación de su amigo?

—Nosotros también disponemos de nuestros canales de información.

—No lo dudo. Por cierto, ¿todo va bien en su sala?

—Usted debería saberlo. Es el director.

—Lo decía por si tenía alguna queja en especial. Yo siempre procuro lo mejor para todos ustedes.

—¿Debo darle las gracias?

—No lo espero de usted, francamente. Me basta con que me desprecie un poco menos a partir de ahora. Ya le dije que no soy ningún monstruo.

—Usted haga lo que tenga que hacer, que yo cumpliré mi parte del trato.

—De acuerdo. Ya le avisaré.

—¿Puedo marcharme ya?

—Si no tiene nada más que proponerme...

—Pues no.

—Entonces puede irse.

—Adiós.

—Adiós, señorita Ferguson. Espero tenerla pronto trabajando a mi lado.

Una vez Kate ha abandonado el despacho, Yamaguchi coge el teléfono y marca un número. Suenan tres tonos y a continuación una voz: «Servicio de Información y Propaganda. Le atiende el sargento Kabawata. ¿En qué puedo servirle?».

—Soy el coronel Yamaguchi y desearía hablar con el coronel Miura.

Hacía días que Ximénez no veía a Gloria. Había ido un par de veces al Fuji-Yama, pero siempre la encontraba ocupada con algún japonés o filipino *makapili*. Sabía que a Gloria le molestaba que se la interrumpiese en su trabajo, así que prefirió esperar a su día libre para invitarla a salir. Gloria solía rehusar las invitaciones de Ximénez, y si aceptaba era porque el jefe de su célula le había comentado que no debía desaprovechar la ocasión de hablar con todos aquellos a los que se les podía extraer algún tipo de información. Ximénez era uno de ellos, y Gloria era una chica disciplinada.

Aquel día, por la tarde, fueron a tomar un café en el Alegra de Malate, y luego a pasear por el Rizal Park. Tras un día especialmente caluroso, el crepúsculo había traído una suave y refrescante brisa.

Ximénez tenía algo que decirle a Gloria y se lo dijo:

—No me gusta verte tonteando con otros hombres. Deberías cambiar de empleo.

—Yo no tonteo con hombres. Yo doy conversación a los clientes. Además, te recuerdo que fuiste tú quien me recomendó para entrar en el Fuji-Yama.

—Es cierto, y reconozco que me equivoqué. Tú vales más.

—Gracias, pero te diré que no es un trabajo denigrante. Ya lo hacía antes en el Victor's. Sé lo que tengo que hacer, cómo hacerlo y hasta dónde puedo llegar.

—No lo dudo. De todas maneras…

Ximénez no terminó la frase. Por unos momentos siguieron paseando en silencio.

Al cabo de un tiempo, Ximénez dijo:

—Por cierto, aquel tipo gordinflón, con gafas y bisoñé, con el que te vi alternando la última vez en el club, ¿te dijo quién era?

—No podemos dar nombres ni facilitar información sobre nuestra clientela. Son normas de la casa.

—Ya, pero entre nosotros, podrías hacer una excepción. Es muy posible que te interese saber cosas, si es quien me temo que es.

Gloria dudó un instante, pero finalmente respondió:

—Se llama Franz. Es alemán y se dedica al comercio. Es lo que me dijo.

Lo que se calló Gloria es que el alemán había preguntado por él.

—¿Nada más? —volvió a insistir Ximénez.

—Sí. Es un tacaño. Lo digo por la propina que dejó. Una miseria. Ah, y pidió un combinado extraño: ginebra con crema de coco.

Ximénez supo que su intuición no le había fallado y que aquel tipo, pese a su renovado aspecto y nuevo nombre, no podía ser otro que Werner Hauptmann.

—Entonces es él —dijo Ximénez—. No hay duda.

—¿A quién refieres?

—Ahora te interesas, ¿eh?

—No es que me interese, pero ya que has insistido en preguntarme me gustaría saber más de él.

—Es un agente de inteligencia alemán. Su verdadero nombre es Werner Hauptmann. Le conozco desde hace años. Es peligroso, y un borde. Cuidado con él.

—Sólo le he visto un par de veces y, la verdad, no me pareció peligroso.

—Claro, sabe aparentar muy bien, pero te diré una cosa. Fue él quien ordenó matar a tu amiga Graciela, del Victor's Club. ¿Te acuerdas?

Gloria palideció al instante. Cómo no iba a acordarse del asesinato de su mejor amiga. Tardó en reaccionar.

—Ahora sí que estoy interesada en que me cuentes cosas sobre el tal Werner —dijo.

—Te las diré en tu próximo día libre, durante la cena, si no te importa. ¿Te parece bien El Galeón?

La actividad cultural de Manila había ido restableciendo su pulso con el funcionamiento de cines, teatros y salas de concierto; y la literatura, si bien censurada, se desperezaba tras un largo período de letargo obligado. Nunca como ahora se habían publicado tantos libros en tagalo, ni hecho tantas obras de teatro habladas en este idioma.

El presidente de la Comisión Ejecutiva, Jorge B. Vargas, había dicho que Filipinas encontraría su genuina identidad cuanto más profundizase en su propia cultura nativa y antes volviese a las costumbres y tradiciones no adulteradas representativas del verdadero espíritu de la raza malaya. Las autoridades japonesas eran las primeras en fomentar esta vuelta a los valores de antes del colonialismo occidental, como premisa para reforzar la Esfera de Co-prosperidad de la Gran Asia Oriental.

No obstante, espectáculos netamente occidentalizados como la ópera habían vuelto a los escenarios y la música sinfónica de los grandes compositores europeos volvía a sonar en las salas de concierto. Eso sí, los intérpretes eran todos filipinos, como para demostrar que también ellos eran capaces de afrontar con éxito los mayores retos de la cultura más universal. La zarzuela y el *moro-moro* eran los entretenimientos teatrales más populares entre la gente corriente, sobre todo desde que las autoridades habían prohibido el pase de filmes extranjeros y el cierre de los estudios locales de cine.

El estreno, en el Teatro Metropolitano, de *La Traviata*, con Nenita Frías y Luis Garchitorena en los papeles principales, fue uno de los acontecimientos de la temporada 1944-45. En la platea del teatro, con todas las localidades ocupadas, el público recibió con sonoros y prolongados aplausos a los cantantes.

Entre los asistentes a la velada estaban el coronel Miura y Gloria Calisig.

Gloria nunca había estado en una función de ópera; pero cuando Miura le preguntó si quería acompañarle no lo dudó. A pesar de no entender nada de lo que cantaban, había algo en la música que la conmovía.

En el segundo intermedio Gloria y Miura fueron al ambigú a tomar un refresco. Parecía que Manila entera se había dado cita en el teatro aquella noche. Gloria reconoció algunos rostros de haberlos visto en el Fuji-Yama. Pensó que muchos de ellos, con su esposa o amante al lado, daban ahora una imagen muy diferente de la que presentaban en el cabaret. Miura le presentó a algunos amigos japoneses. Uno de ellos le había llamado la atención. Se movía con soltura entre los pequeños círculos, saludando a unos y a otros, siempre con una amplia sonrisa.

—Es un placer conocerla, señorita Calisig —dijo Takeo Kobayashi.

Gloria se fijó en el brillante que llevaba en el ojal del esmoquin.

—El gusto es mío —respondió Gloria.

Tomaron un sorbete de calamansí y estuvieron hablando unos minutos sobre la representación.

Kobayashi ensalzó la función y elogió cumplidamente a los intérpretes. Gloria dijo que le había gustado mucho, en especial Nenita Frías, pero que no entendía de ópera.

—La verdad es que ha estado magnífica en el aria *Sempre libera* —dijo Kobayashi.

—Espléndida —corroboró Gloria.

De repente se hizo un silencio embarazoso. Gloria se dio cuenta de que Kobayashi había dicho algo que podía malinterpretarse. Miura no dijo nada y permaneció serio. La situación la rompió Kobayashi al excusarse por tener que ir a saludar a otros amigos.

—Ha sido un placer conocerla, señorita Calisig —dijo el periodista—. Espero volver a verla en alguna otra ocasión.

Cuando se hubo ido, Miura le dijo a Gloria:

—¿Qué te ha parecido el amigo Kobayashi?

Gloria no sabía muy bien qué responder.

—Pienso que es un hombre muy culto y elegante —dijo finalmente acordándose del brillante que lucía en la solapa del esmoquin.

—A veces —dijo Miura— se lo tiene demasiado creído.

No hubo respuesta por parte de Gloria. Estaba pensando si convendría aprovechar el haber conocido a Kobayashi para los intereses de su célula subterránea.

Al ir a entrar en la sala pasaron al lado de un pequeño grupo de hombres que parecían hablar de todo menos de ópera. Gloria recordaba vagamente a alguno de ellos del Fuji-Yama. Allí estaban Pedro Correa, Sindito Giménez y Floro Santacreu. A juzgar por sus expresiones y sus semblantes serios no parecía que se lo estuviesen pasando muy bien. A su paso, Gloria sólo pudo escuchar una frase. No acertó a identificar quién la había pronunciado, pero la había escuchado con claridad. Alguien había dicho: «Tenemos que pararle los pies como sea».

Gloria y Miura se sentaron en sus butacas. Gloria miró a su alrededor y por un momento tuvo la sensación de que ellos dos, y todos los demás asistentes, formaban parte de una gran representación; de que todos estaban interpretando un papel que les habían asignado y que ninguno de ellos sabía cómo acabaría la obra. Por unos momentos sintió una gran desazón. Se vio realmente como una marioneta en manos del destino.

Sonó el timbre avisando del comienzo del tercer acto. Los más rezagados fueron entrando y ocupando sus localidades. Las luces se apagaron, entró el director de orquesta y se encendieron los focos proyectándose sobre el escenario. Subió el telón y comenzó a sonar la música. Allí arriba, en el escenario, continuaba el drama. Abajo, también.

TRES

La nota era escueta y decía: «Si no quiere complicarse la vida lo mejor será que desaparezca antes de que sea demasiado tarde». La nota le había llegado a Ximénez en un sobre sin señas y no llevaba firma. Sin embargo, estaba convencido de que el impulsor había sido don Pedro Correa.

No había duda de que querían quitárselo de en medio. Ya no les era útil, no les servía para sus intereses. Ahora era un estorbo, una rémora incómoda de la que había que deshacerse sin contemplaciones. No les convenía, pues cada vez eran más los que pensaban que la guerra iba camino de dar un vuelco determinante; que era cuestión de tiempo que la campaña del Pacífico se decantara hacia el lado de los aliados. Ellos, sus antiguos socios y amigos —o, al menos, una parte significativa de ellos— le habían dado la espalda. Los que ayer le ofrecían apoyos incondicionales, hoy eran los primeros en desear su caída; los que antes brindaban por la Falange, ahora renegaban de ella.

Sabía sus nombres y muchas cosas de ellos; cosas que en manos interesadas, de uno u otro bando, podían dar mucho de sí. Por eso, pensaba Ximénez, querían que se esfumase; si no, ellos mismos se encargarían de hacerlo desaparecer. ¿Qué hacer?, pensó Ximénez. No podía comunicárselo a su jefe. Del Castaño no le haría ningún caso y, además, hacía tiempo que había perdido su confianza. ¿Quién le podía asegurar que su jefe no estaba también metido en la conspiración? Ganas de quitárselo de encima seguro que tampoco le faltaban. Pocos meses después de la ocupación Del Castaño había enviado a Madrid varios mensajes pidiendo el relevo de Ximénez. Lo consideraba un peligro en la nueva situación. Madrid no contestó a ninguno de los mensajes, tal vez porque tampoco sabían muy bien qué hacer con él. Desde entonces, pues, había tenido que conformarse con tenerlo en el consulado, relegado a tareas burocráticas. No le confiaba ningún asunto de importancia ni le hacía partícipe de sus decisiones; apenas hablaba con él y lo evitaba siempre que podía.

En la barra del café de Epifanio, Ximénez intentaba ahogar sus problemas.

—Ponme otra copa, Epifanio.

—Ya ha tomado tres, señor.

—Y qué más da. Cierra el pico y tráeme otra.

—Como quiera.

Epifanio le sirvió una copa de coñac. De un solo trago Ximénez la dejó a la mitad.

—Nadie reconoce el trabajo que he hecho, Epifanio. Les importa un bledo. Cuando te necesitan todo son halagos, pero cuando ya no les sirves intentan acabar contigo... Los muy hijos de puta. Pero te digo una cosa, si quieren deshacerse de mí lo tienen crudo. Todavía no estoy acabado. Estos señoritos de mierda no lo conseguirán, te juro que no lo conseguirán...

Dejó de hablar y miró a Epifanio con una mirada vaga y acuosa. Luego abrió los labios como para seguir su perorata, pero no dijo nada. Se inclinó despacio hacia su derecha y se desplomó.

El sargento Waterfield le había dado a Rummy Cumplido un cacahuete. Un cacahuete era alimento. Bien administrado, la mitad por la mañana y la otra mitad por la tarde, suponía un plus energético que venía muy bien en aquellas circunstancias. Rummy, como el resto de prisioneros, sabía lo que era la falta de alimento. El día en que se vio hurgando entre sus heces en busca de alguna semilla o grano no digerido supo que había tocado fondo. En realidad ya no le importaba nada, no tenía ilusión ni ánimos para seguir viviendo en aquellas condiciones. La vida en el campo era un tormento. Estaba muy enfermo y cada día que pasaba se sentía más cerca de la muerte. Desde hacía dos días estaba en la enfermería, allí donde iban a parar los desahuciados, como paso previo a ser enterrados en la fosa común.

Y, de repente, la orden. Sin más explicaciones le dijeron que le iban a trasladar. No le dijeron dónde, ni cuándo. Y así, un buen día, a primeras horas de la mañana, fue levantado del camastro por dos guardianes y conducido —más bien arrastrado, porque sus fuerzas no le mantenían en pie— a un camión de la Cruz Roja. Durante el viaje, por una infame carretera llena de baches, no supo si lo que le estaba pasando era realidad o producto de sus sueños delirantes.

La prisión de Pasay era una de las de peor fama en toda el área metropolitana de Manila. Era una antigua escuela conocida por el nombre de Park Avenue. En aquel agujero se apiñaban un millar de prisioneros, la mayoría supervivientes de la «marcha de la muerte» de Bataan. Los prisioneros se referían a aquel infernal lugar como la «isla del Diablo», debido a la extrema brutalidad de sus guardianes.

Una vez en la inmunda celda Rummy se dio cuenta de que aquella iba a ser su estación final.

CUATRO

En los meses siguientes, los vientos de guerra en el Pacífico rolaron a favor de los aliados. Tras haber desalojado a los japoneses de las islas Gilbert, Marshall y Carolinas, la flota del almirante Nimitz proseguía su imparable marcha hacia las Marianas. Mientras, el general Douglas MacArthur preparaba, desde Australia, su vuelta a Filipinas.

Las grandes batallas se libraban lejos, pero la guerra seguía en cada rincón y en cada esquina de Manila. Los japoneses dominaban la situación y trataban de adoctrinar a los ciudadanos con nuevas consignas. Eran buenos tiempos para unos pocos y malos para la inmensa mayoría. La gente corriente estaba acostumbrada a las detenciones arbitrarias, a los insultos y a las humillaciones públicas. Sobrevivir continuaba siendo el primer objetivo, la tarea principal de los manilenses.

La resignación era más fuerte que la rebeldía. Quienes en su día habían manifestado su oposición pagaban cara su osadía en cárceles siniestras. La vida cotidiana era difícil para todos. Los meses pasaban lentamente y cada día era un reto, una incierta aventura. Se pasaba hambre, los alimentos escaseaban. El arroz, el azúcar y la leche condensada estaban racionados. Los huevos se pagaban a tres pesos la pieza. Cerillas y jabón eran artículos de lujo, difíciles de conseguir incluso en el mercado negro. La mantequilla y la carne buena (no de carabao) eran meros recuerdos.

A pesar de todo, la vida continuaba. En el Jai-Alai Carmelo Zubiarre era el pelotari de moda; en el Fuji-Yama Club Sandra Estévez arrasaba cantando en japonés; y en las galleras, como de costumbre, el gallo ganador era el gallo de Simplicio.

CINCO

La pequeña isla de Calayan es una de las islas que forman, al norte de Luzón, el Grupo Babuyan. Geológicamente hablando constituye este grupo de islas un segmento del llamado arco de Luzón: un arco de 1.200 kilómetros de largo que comprende estrato-volcanes y picos volcánicos que se extienden desde Mindoro hasta Taiwan. Es una zona compleja de subducción marcada por el límite entre las placas tectónicas euroasiática y filipina. La isla de Calayan tiene aproximadamente 18 kilómetros de largo por 14 de ancho y está formada mayoritariamente por materiales volcánicos: lavas, aglomerados tobáceos, piroclastos de basalto-andesita y, en menor proporción, rocas ácidas de composición dacítica y riolítica.

Precisamente en una recóndita caleta de dicha isla se hallaba un día de noviembre de 1944 un pequeño grupo de soldados japoneses cavando un agujero de dos metros de largo por uno de profundidad en el blando suelo. A su lado, rifle en mano y dirigiendo la operación, un teniente no perdía de vista la caja metálica, del tamaño de un baúl, que tenía que ser enterrada en el susodicho agujero. Las instrucciones, emanadas directamente del general Yamashita, eran precisas y había que seguirlas al pie de la letra.

Justo al mismo tiempo en que tenía lugar esta secreta operación, pero al otro extremo del arco de Luzón, concretamente en la isla de Mindoro, tropas americanas desembarcaban en sus playas y comenzaban la reconquista de Filipinas.

El general MacArthur había dicho que volvería. Y había vuelto.

La habitación, en el sótano del Edificio de la Administración Japonesa, es de reducidas dimensiones. El mobiliario consiste en una pequeña mesa de madera, dos sillas y un cubo de zinc. Una lámpara con una bombilla cuelga del techo iluminando tenuemente la estancia. No hay ventanas y las paredes, con desconchones, están exentas. Huele a humedad.

Dos hombres japoneses están de pie. Uno de ellos se apoya en la pared, el otro se halla sentado en el borde de la mesita, enfrente del prisionero al que se disponen a interrogar. El japonés que está sentado empieza el interrogatorio, mientras el otro permanece en silencio, en la penumbra.

—¿Te llamas José Alfonso Ximénez de Hardoqui?

—Gardoqui. Mi apellido es Gardoqui, con ge.

—Como quieras, pero dime: ¿dónde está Santaolalla?

No esperaba esta pregunta. Lo había detenido la Kempietai la noche anterior, cuando se disponía a salir del club Fuji-Yama. Todo fue tan rápido que no tuvo tiempo de reaccionar. Dos hombres de paisano salieron de un Chevrolet negro, se le acercaron y a punta de pistola lo introdujeron en el asiento de atrás del coche. Unos minutos después el automóvil entraba en el garaje del E.A.J. y Ximénez era conducido a una de las celdas. Durante el trayecto los dos individuos de la Kempietai no le habían dirigido la palabra ni dado ninguna explicación, pese a las insistentes preguntas de Ximénez. Ahora, ante sus dos interrogadores, comenzaba a entender: alguien les había dado el chivatazo.

—Debo decir, de entrada, que soy ciudadano español y tengo mis derechos diplomáticos. Pregunten a mi superior, el cónsul español.

Los interrogadores permanecen callados.

—Tengo amigos influyentes que pueden hablar en mi favor. He sido colaborador de la Abwehr...

—No sigas. Lo que tengamos que averiguar ya lo haremos. Lo que queremos ahora es que nos digas todo lo que sepas sobre Santaolalla y el MIS-X.

El interrogador habla un español aceptable, con ligero acento sudamericano. Ximénez insiste en que no tiene nada que ver ni con el MIS-X ni con cualquier otro servicio de información americano. Está cada vez más claro para él que le han tendido una trampa y que los japoneses se lo han creído.

—No tengo ni idea de lo que me habla.

Lo mejor, piensa Ximénez, es negarlo todo. Si dice conocer a Santaolalla pueden sacar conclusiones equivocadas.

—¿No sabes quién es? ¿Ni siquiera has oído hablar de él?

—No.

El interrogador que hasta el momento ha permanecido sentado en la mesa se levanta y se dirige a su compañero que está en la penumbra, apoyado en la pared. Intercambian unas palabras en voz baja y, a continuación, se acerca al prisionero y le dice:

—Anda, sé razonable y dinos dónde está…

De repente, aquella voz. Una voz que hace tiempo que no oye.

—¿Cómo dice? —contesta Ximénez mientras trata de recordar. Pero no hace falta que el interrogador vuelva a decírselo. Cuando éste pone las manos sobre la mesa y se acerca a la luz, Ximénez reconoce su rostro.

—¡Matsu!

—¿Te sorprende? Hace tiempo que no nos veíamos, ¿verdad? Han pasado tantas cosas desde nuestro último encuentro...

—Matsu, tú me conoces. Tú puedes decirles que no trabajo ni he trabajado nunca para los americanos. Tú puedes ayudarme...

—Lo siento, Ximénez.

—Por favor...

—Lo siento. No depende de mí.

—Matsu tiene razón —dice el primer interrogador—. No depende de él. Me temo que no tendremos más remedio que trasladarte a Fort Santiago.

—Yo no he hecho nada para que me detengan. Es una gran equivocación. Seguro que ha habido un malentendido...

—Nuestras órdenes son claras. Si no hablas tendremos que trasladarte a Fort Santiago. Y eso es lo que vamos a hacer.

Hay que ganar tiempo como sea, piensa Ximénez. Tal vez así logre convencerles de su error.

—¿Qué quieren que les diga de Santaolalla? —dice finalmente Ximénez.

—Eso tendrá que esperar a contárselo a nuestros compañeros de Fort Santiago.

Levantada a orillas del río Pasig, la antigua Real Fuerza de Santiago, circuida por robustos y enmohecidos muros de toba volcánica, hacía tiempo que era uno de los lugares más siniestros y de peor fama de Manila. Su destino como prisión se remontaba a la época de la dominación española. En sus tenebrosos subterráneos cientos de prisioneros eran interrogados y sometidos a torturas varias. Lejos de los antiguos refinamientos orientales, el repertorio habitual de sevicias era rutinario y vulgar: palizas con objetos contundentes, aplastamientos de cigarrillos en la piel, puntapiés dados con borceguíes reforzados con puntera de hierro, descargas eléctrica en los genitales...

A Ximénez se le aplicó el tormento del agua. Dos soldados a las órdenes de un capitán tumbaron a Ximénez boca arriba en el suelo, cogieron un tubo de goma y se lo introdujeron en la boca. Comenzaron a bombear agua lentamente en el interior de su cuerpo hasta que el vientre estuvo tan hinchado que parecía que iba a reventar. Entonces el capitán, desde una silla, saltó sobre su barriga. Una mezcla de agua, sangre, bilis, excrementos y vísceras salió a chorros por cada uno de los orificios de su cuerpo.

Ximénez yacía inmóvil en medio del vómito.

Mientras el capitán se hacía limpiar las botas por un soldado, dijo:

—Llevadlo a su celda. Por hoy ya ha tenido bastante.

Fray Manuel Blanco, en su monumental *Flora Filipina* (1837), describe la *Nicotiana tabacum* del modo siguiente: «Es una planta anua que crece hasta la altura de una braza y que provee de tabaco a los estancos». Añade a continuación el sabio agustino: «El fumarlo es saludable y casi una necesidad en estas regiones; destruye la flema, resguarda contra las malas consecuencias de la humedad y del rocío y sólo es perjudicial a la salud cuando se usa en exceso». De entre los distritos donde se cultiva la planta narcótica cita el padre Blanco los de Pasay, Lagbay y Lamburiao, en Iloilo, y el de Cagayan, en Luzón. De éste último procedían las finas panetelas que, a última hora de la tarde de un día de finales de diciembre, consumían don Pedro Correa y sus amigos Floro Santacreu y Sindito Giménez en casa del primero, a las afueras de la capital. La conversación giraba en torno a las últimas noticias de la guerra:

CORREA: Que los americanos desembarquen en Luzón parece cuestión de días.

SANTACREU: Fijo.

GIMÉNEZ: Hay que ir preparándose para ello.

CORREA: ¿Y se os ocurre alguna cosa?

SANTACREU: He hablado con Santaolalla.

GIMÉNEZ: ¿Santaolalla? ¿Y en qué nos puede ayudar ése?

SANTACREU: Él necesita información y nosotros se la podemos dar a cambio de ciertos favores, claro está.

CORREA: Ojo, que te veo venir. Te recuerdo que aquí vamos todos en el mismo barco, por suerte o por desgracia. Si nos hundimos, nos hundimos todos.

GIMÉNEZ: No te pongas dramático, Pedro. No tiene por qué pasarnos nada. Desde hace tiempo que estamos largando amarras por un lado y tendiendo puentes por otro. Así lo decidimos en su día. ¿O no?

CORREA: Unos con más convicción que otros, que quede claro. Tengo buena memoria para estas cosas.

SANTACREU: Vamos a ver, tampoco hay que preocuparse demasiado. A los americanos les interesa que, una vez hayan echado a los japoneses de Filipinas, el país vuelva a funcionar y a producir como antes, y para esto tienen que contar con nosotros, aunque no les agrade la idea.

CORREA: En eso te doy la razón.

SANTACREU: Gracias. Pero ahora lo que importa es no dar pasos en falso, que por culpa de algunos ya los hemos dado...

CORREA: ¿Ah, sí? ¿Y cuáles son estos pasos en falso que dices que hemos dado?

SANTACREU: Lo de Ximénez.

CORREA: Había que cortar por lo sano. Sabía demasiado y se había convertido en un engorro.

SANTACREU: Qué rápido se puede pasar de héroe a traidor.

CORREA: En esta guerra la diferencia entre un traidor y un héroe está en el canto de un peso.

SANTACREU: Bonita frase, pero lo cierto es que Ximénez se había entregado demasiado a los japoneses y esto no nos convenía. Había otras maneras más diplomáticas de tratar este asunto.

CORREA: No me vengas con diplomacias a estas alturas.

GIMÉNEZ: Hubiésemos podido llegar a un acuerdo con él.

CORREA: Con tipos como él no se puede ir con contemplaciones. Se había convertido en un estorbo. Y punto.

SANTACREU: Tengo entendido que se lo han llevado a Fort Santiago. Si lo torturan acabará cantando.

CORREA: Muy probablemente, pero no me preocupa porque si dice la verdad los japoneses no se lo van a creer. Aunque lo liberen, está acabado.

GIMÉNEZ: Con este tipo de gente nunca se sabe.

SANTACREU: No hablabas así de él desde hace años.

GIMÉNEZ: Uno tiene derecho a cambiar de opinión.

SANTACREU: Ya.

GIMÉNEZ: Señores, con su permiso tengo que marcharme. Mi mujer no se encuentra bien estos días y...

SANTACREU: ¿Algo grave?

GIMÉNEZ: Espero que no.

SANTACREU: Oye, dale recuerdos. Y que se mejore.

CORREA: Te acompaño a la puerta.

(Don Pedro Correa y Sindito Giménez se dirigen a la salida. Antes de abrir la puerta se detienen).

GIMÉNEZ: ¿Sabes una cosa, Pedro? No acabo de fiarme de Floro.

CORREA: Yo tampoco.

GIMÉNEZ: Hay que procurar que no hable a solas con Santaolalla. A saber qué es capaz de contarle para hacer méritos.

CORREA: No te preocupes. Hablaré con él.

GIMÉNEZ: A veces tengo el presentimiento de que si logramos salir con vida y bien de todo esto, el resto nos va a ir rodado.

CORREA: Que Dios te oiga, porque me temo que no va a ser nada fácil. Los japoneses no están dispuestos a ceder ni un palmo de terreno.

GIMÉNEZ: Lo sé. Habrá que estar preparados para afrontar lo peor.

CORREA: Dale un abrazo de mi parte a tu mujer.

GIMÉNEZ: Descuida. La pobre lo está pasando muy mal.

CORREA: Valor, Sindito.

GIMÉNEZ: Ya te llamaré.

(Sale Sindito Giménez y Pedro Correa se queda un instante pensativo. Luego se dirige de nuevo al salón).
CORREA: ¿Hace una partidita de billar, Floro?

—¿Es grave? —preguntó el coronel Yamaguchi al doctor Stevens, el médico americano que, en la enfermería del STIC, atendía a Kate Ferguson.

—Sí, ha perdido mucha sangre. Su estado es de pronóstico reservado.

Yamaguchi se quedó absorto unos instantes, mirando el rostro adormecido de Kate. Luego abandonó la enfermería.

Fue una compañera de pabellón la primera en darse cuenta de que Kate no estaba en su catre. La encontró en las letrinas, antes del toque de diana. Su cuerpo se hallaba en medio de un charco de sangre. Se había cortado las venas con una hoja de afeitar. Seguramente llevaba allí varias horas, pero nadie la oyó levantarse del camastro ni notó su ausencia durante la noche. Al parecer, Kate Ferguson había querido irse de este mundo sin hacer ruido, sin molestar a sus compañeras, sola, en silencio. Kate fue llevada a la enfermería donde el médico de guardia, el doctor Stevens, le practicó de inmediato los primeros auxilios, logrando salvar su vida pese a su estado crítico.

Todo el personal del pabellón fue interrogado, por orden del coronel Yamaguchi, acerca de las circunstancias del intento de suicidio de Kate Ferguson. Últimamente, dijeron algunas de sus compañeras, se la veía abatida, con el ánimo caído, pero no le dieron mucha importancia porque, después de estar tanto tiempo recluidas, la depresión era el estado habitual de muchas internas. Por supuesto que, en ningún momento, había hablado de quitarse la vida.

La noticia fue un mazazo en todo el campo. No era el primer caso de suicidio, pero el de Kate sorprendió porque era una persona conocida y apreciada debido a su cargo en la biblioteca. Además, hacía poco todavía había dado signos de una gran fortaleza física y mental para enfrentarse a las adversidades del prolongado encierro. Esto era antes de enterarse del nuevo paradero de Rummy Cumplido.

La vida, sin embargo, continuaba en el campo, pero ahora muchos internos tenían la sensación, avalada por las últimas informaciones llegadas de fuera, de que la ansiada hora de la liberación estaba más cerca que nunca.

SEIS

¡Hombres del llano y la montaña,
oíd, oíd...!
¡Acaba de sonar
la hora de matar y morir...!
¡Trabajadores, hombres libres
que jurasteis vengar la traición,
venid a uniros a nosotros,
contra el Japón!
¡Arrojemos a los amarillos,
de nuestro cielo y nuestras costas!
Porque la hora ha sonado
de la lucha por la victoria.

Las vibrantes notas del *Canto a la Victoria Filipina* sonaban con más fuerza que nunca a través de las ondas de «La Voz de América». Aquel himno que al principio de la ocupación se coreaba en las trincheras de Bataan y en las casamatas de Corregidor volvía a escucharse ahora que las tropas americanas avanzaban imparables hacia Manila.

El día 31 de enero, el general MacArthur visitó el cuartel general de la 1ª División de Caballería, instalado a unas 42 millas del golfo de Lingayen. El comandante de la División era el general Vernon D. Mudge. En el curso de la visita MacArthur le había dicho al general Mudge: «Vete a Manila, esquiva a los japoneses o enfréntate a ellos, pero por encima de todo: ¡consigue Manila!».

Lo que MacArthur le pedía a Mudge era una operación arriesgadísima, una carrera a través de cien millas de territorio enemigo, sin la ventaja de un avance de reconocimiento y protección en los flancos. Pero el general Mudge había recibido una orden y se dispuso a cumplirla.

Por su parte, el general Yamashita había dado instrucciones de concentrar el grueso de sus tropas en Manila, aun a costa de dejar casi expedito el camino hacia la capital. Así las cosas, el 1 de febrero las tropas de la 1ª División de Caballería tomaron Cabanatuán y liberaron a los prisioneros del campo de concentración. Al cabo de unos pocos días le tocó el turno a la cárcel de Pasay. Romualdo Cumplido apenas se enteró de que habían regresado los suyos.

En su celda de Fort Santiago Ximénez se reconcomía pensando en quién le había traicionado. Se sentía víctima de una conspiración, el cabeza de turco de unos cuantos espabilados que en su día creyó que eran amigos. A decir verdad, allí dentro podía rumiar mucho pero razonar poco. No tenía ni idea de lo que pasaba fuera y sólo tenía indicios de que lo que sucedía dentro. Desde hacía unos días habían dejado de interrogarlo y torturarlo. A juzgar por el cese de gemidos en celdas contiguas, lo mismo habían hecho con otros prisioneros. Todo parecía indicar que graves problemas tenían ocupados a los japoneses. ¿Sería que los americanos ya estaban a las puertas de Manila? Si era así, pensaba Ximénez, no todo estaba perdido... Y comenzó a planificar un plan de fuga.

Grandes explosiones, a intervalos de una hora, de día y de noche, fueron el preludio de la batalla que se avecinaba. Manila era bombardeada con contundencia por las fuerzas norteamericanas. A la lluvia de bombas los japoneses respondían prendiendo fuego a edificios, fábricas, almacenes y puentes, arrasando y destruyendo todo lo que pudiera servir al enemigo antes de que éste lo usase en su beneficio.

Espesas columnas de humo y fuego ascendían en el aire.

La gente abandonaba los barrios más castigados y se refugiaba en casas, conventos y escuelas del centro.

Gloria vio cómo ardía el vecino Colegio de las madres belgas o canonesas de San Agustín. Sin dudarlo cogió sus escasas pertenencias y salió de la pensión buscando un nuevo refugio. De vez en cuando el cielo se iluminaba con resplandores y focos y se oía el retumbar lejano de las bombas. Los incendios menudeaban. Edificios como el Jai-Alai, Santa Rita Hall, la Normal School y el Casino Español eran pasto de las llamas. La intención de Gloria era dirigirse al colegio de La Salle, donde le habían dicho que aún había sitio para algunas personas más.

El colegio de La Salle estaba situado en una zona, la avenida Taft, menos castigada que San Marcelino. Mientras caminaba pensaba en sus compañeros de célula. ¿Dónde estarían? No sabía nada de ellos desde hacía días.

Manila era una ciudad asediada e incomunicada, en la que cada persona, cada habitante, trataba de salir con vida de la forma que fuese.

Las calles estaban vacías y oscuras, llenas de cascotes y de ruinas. Mientras andaba, empezó a apoderarse de Gloria un miedo frío, como si le hubiesen inyectado mercurio en las venas. De repente, de entre las sombras, surgió un hombre de mediana edad, vestido con harapos y con la cara chamuscada. Se acercó a Gloria y le pidió algo para comer. Gloria lo rehuyó y aceleró el paso. Había aprendido a desconfiar de todo el mundo. Dos cuadras más adelante, Gloria vio en la acera un bulto. Era el cadáver de una mujer. Tenía el vientre reventado y a su lado un flaco perro amarillo hurgaba entre las vísceras.

Kate Ferguson se recuperaba en la enfermería. El coronel Yamaguchi había ido a verla. Tenía el semblante taciturno y de sus palabras se desprendían notas de frustración y derrota.

—Creo que toca despedirme, señorita Kate —dijo el coronel—. Sus compatriotas están entrando en Manila.

Kate no dijo nada, pensaba si no estaría bromeando.

—Imagino —dijo el coronel— que a estas horas su amigo Cumplido estará ya con los suyos, sano y salvo.

Kate miró a Yamaguchi. No había odio en su mirada, sólo indiferencia.

Hubo un momento de silencio. Luego Yamaguchi dijo:

—Ya sé que no me va a creer, pero ha sido un placer conocerla.

Yamaguchi salió de la enfermería y regresó a su despacho. Se sentó, cogió la foto en la que se le veía con su mujer y sus dos hijos pequeños, y estuvo un rato mirándola. Su ayudante le preguntó:

—¿Quiere que le ayude a empaquetar sus cosas, mi coronel?

—No, no hace falta. Gracias, puede retirarse.

Una vez se hubo ido el ayudante, Yamaguchi colocó la foto del revés sobre la mesa. Luego sacó el revólver de su funda, lo amartilló e introdujo el cañón en su boca. Entonces apretó el gatillo.

Tras la acometida en el barrio de Paco, la mansión de Sindito Giménez había quedado destruida. Su esposa enferma y él habían sobrevivido al bombardeo, pero tuvieron que huir con lo puesto buscando refugio en casa de Floro Santacreu, en Malate.

No eran los únicos que habían encontrado acomodo en casa de Santacreu. Además del propietario de la casa y de su mujer, estaba uno de sus hijos, con su esposa y niños, unos amigos de éstos y el pelotari Zubiaurre, amigo de la familia. La familia Santacreu recibió a los Giménez como hacían otras muchas familias en aquellas circunstancias excepcionales.

No había en toda Manila un lugar seguro, sólo algunos eran menos inseguros que otros. El distrito de Malate había podido escapar hasta aquel momento de las bombas, pero no de la falta de alimentos y de agua que sufría toda la población manileña. A los Santacreu y a los Giménez, como a otras tantas familias, sólo les quedaba rezar y esperar.

Tal vez previendo la catástrofe que se avecinaba, el cónsul Del Castaño había dado instrucciones para que el edificio del Consulado de la calle Colorado fuese evacuado y el personal buscase refugio en otros lugares en principio más seguros. El propio Del Castaño se había trasladado con su familia al Colegio de la Concordia, donde también se acogieron algunas otras familias españolas. Sin embargo, otros prefirieron quedarse, pensando que, bajo la bandera de la neutral España y del retrato de su invicto caudillo Franco, les sería más fácil salir con vida. Desgraciadamente pronto pudieron comprobar que ya nada servía. Ningún símbolo, ninguna figura, ninguna alianza ni coartada internacional era ya suficiente para detener la orgía de sangre y violencia que habían desencadenado los japoneses.

Así pues, el consulado español fue asaltado y quemado sin importarles la vida de las casi cincuenta personas que se hallaban dentro.

En el colegio de La Salle Gloria Calisig comparte destino con un centenar de personas. El director del centro ha sido ejecutado cuando una patrulla japonesa, acompañada por un filipino de paisano, un *makapili*, penetró en el edificio bajo el pretexto de que varios francotiradores se habían escondido allí. La tensión había ido en aumento hasta que el día 12 veinte soldados, al mando de un capitán, irrumpieron en el colegio.

Lo primero que hacen es apartar a un grupo de cinco personas, dos de ellas hermanos de la Doctrina Cristiana, y llevarlos a una habitación para interrogarlos. Cuando al cabo de un rato regresan, en sus caras y cuerpos muestran las huellas inconfundibles de la tortura.

Entonces, el capitán comienza a dar instrucciones. El hermano Leo, que sabe algo de japonés, puede entender lo que dice. Y lo que dice es: «¡Matadlos a todos!».

De nada sirven las súplicas, los ruegos. La orden está dada.

El padre redentorista australiano Francis Crossgrave, capellán de la Comunidad, alza su brazo y con una mano dibuja en el aire el signo de absolución.

Gritos, llantos, disparos.

Gloria Calisig es conducida por un soldado a la biblioteca y allí, sobre una mesa, es violada. Luego, cuando cree que van a ejecutarla, el capitán, desde fuera de la sala, llama al soldado y éste se marcha abrochándose los pantalones. Gloria trata de escapar por la puerta de la cocina que da al jardín. En su huída ve cómo un soldado arrebata de los brazos de su madre a un bebé, ensartándolo con la bayoneta.

Cuando por fin logra escapar del colegio Gloria no sabe si vale la pena dar gracias a Dios por estar viva.

La suerte de los más de quince mil prisioneros de Fort Santiago estuvo echada desde el momento en que el Alto Mando norteamericano había transmitido al general Yamashita el ultimátum para que rindieran el fuerte y entregasen a los prisioneros. La respuesta de los japoneses fue la de empezar a rociar con gasolina las celdas y prenderles fuego con los prisioneros dentro. Si tenían que sucumbir no lo harían solos. Soldados y guardianes fueron conminados por sus superiores a permanecer en sus puestos y a defender con su vida la fortaleza.

El escenario que encontraron los primeros soldados americanos que penetraron en Fort Santiago fue mucho más terrible de lo que habían imaginado. Junto a uno de los muros hallaron cuatrocientos cadáveres que habían sido muertos a bayonetazos, por disparos o asfixiados. En muchas celdas yacían los cuerpos calcinados de prisioneros, con las manos atadas y heridas de bala en la espalda. En otras celdas aparecieron más de doscientos cadáveres que, de acuerdo con los médicos militares que los examinaron, habían perecido de hambre. Lo irónico era que cerca de aquel lugar se hallaban las despensas de la prisión abarrotadas de arroz y otros alimentos.

Sólo unas cincuenta personas tuvieron la suerte de huir de Fort Santiago, y Ximénez fue una de ellas. En un momento de confusión, logró escapar de la celda y salir al patio central. Antes, sin embargo, tuvo que pasar por una galería repleta de guardianes muertos. Se fijó en uno de ellos y le bastó un instante para reconocerlo. Era Odon Matsu.

En cuanto superó el grueso muro de la fortaleza, Ximénez se tiró al agua del río Pasig y nadó hasta la otra orilla. Agotado por el esfuerzo y la angustia trató de coger aire, miró al cielo oscurecido por el humo de los incendios y, exhausto, se derrumbó en el suelo.

SIETE

Amparado por el perímetro irregular de las murallas de piedra, el antiguo distrito de Intramuros había sido concebido según el modelo cuadriculado de las ciudades coloniales del Nuevo Mundo: calles rectas, tiradas a cordel, que se cruzan para formar una retícula, delimitando manzanas cuadradas o rectangulares que se dividen, a su vez, primero en cuatro solares, luego en más, siempre con frentes a las calles y jerarquizados por la presencia de una plaza mayor donde se concentraban los principales edificios de la administración. A principios del siglo XVIII había en Intramuros unas seiscientas casas que albergaban algo más de dos mil almas; números que apenas variarían en las dos centurias siguientes.

Incendios, terremotos y baguios asolan la ciudad repetidamente a lo largo de los siglos. Unos pocos edificios, como el convento de San Agustín, logran mantenerse en pie tras reiteradas calamidades. Otros, como la catedral, sucumben una y otra vez, y una y otra vez son reconstruidos. Y allí continuaban el convento y la catedral la mañana del 23 de febrero cuando, ya en pleno ataque final, la artillería norteamericana orientó sus piezas hacia el corazón de la vieja Manila. En sólo una hora los cañones y morteros lanzaron 230 toneladas de bombas, todas sobre un área de poco más de tres kilómetros cuadrados.

En los días siguientes los bombardeos masivos continuaron con intermitencias a fin de permitir el avance de las tropas de infantería al interior del recinto amurallado. Uno a uno los reductos donde los japoneses se habían hecho fuertes fueron cayendo. Finalmente, el 3 de marzo el Finance Building, el único edificio que aún permanecía en manos niponas, fue asaltado. Entre el último grupo de japoneses que se rindió estaba el coronel Miura. Ni cuando fue hecho prisionero rebajó la mirada altiva y desafiante.

La batalla de Manila había dejado tras de sí un inmenso rastro de destrucción y muerte. La capital filipina no era sino un desolado campo de ruinas, un recuerdo demolido. En un solo mes, entre el 3 de febrero y el 3 de marzo de 1945, la ciudad quedó destruida. Las bajas militares fueron 1.010 americanos y 16.665 japoneses. El número de civiles muertos, entre hombres, mujeres y niños, rondaba los 100.000.

La batalla de Manila había acabado, pero todavía quedaban zonas de Filipinas por reconquistar. En las semanas que siguieron las tropas americanas habrían de emplearse a fondo para dejar el país limpio de japoneses. Primero fue Luzón, luego vinieron otras islas. Uno a uno fueron cayendo los últimos baluartes de resistencia y, finalmente, el 3 de septiembre de 1945 el general Yamashita se rindió. La guerra en Filipinas había terminado.

En uno de los pocos edificios del centro de Manila que se había mantenido en pie, reconvertido en oficinas por los americanos tras la contienda, Ramón Santaolalla despachaba con el recién ascendido coronel Eugene Bailey. Santaolalla había ido a visitar a Bailey, al que conocía desde sus días de colaborador en la sección G-4, de la que había sido jefe, para interesarse por la suerte de sus compañeros de Inteligencia Militar y de algunos compatriotas suyos, entre ellos el cónsul Del Castaño.

—Estuvo retenido en su domicilio once días —dijo el coronel—. Al parecer lo dejaron en libertad después de acordar discretamente con Madrid su relevo como representante diplomático y el cese de todas las actividades de la Falange Exterior. Ahora debe de estar preparando ya las maletas para regresar a España.

—¿Y de Ximénez de Gardoqui, se sabe algo?

—Todavía no hemos dado con él, pero está al caer.

Al salir del despacho, Santaolalla vio en la antesala, sentado, leyendo un periódico, a un japonés. Se miraron y el japonés le sonrió. Santaolalla no le reconoció.

Era Takeo Kobayashi.

Habían estado juntos en el mismo lado, pero nunca lo supieron.

El fuego siempre deja cenizas. En los rescoldos de una Manila arrasada había vivos y muertos, ganadores y perdedores. Pero sobre todo, sombras.

Una de estas sombras ambulantes era Ximénez. Estaba vivo, pero parecía un muerto viviente. Después de su fuga de Fort Santiago, había estado vagando entre los escombros de la ciudad como un alma en pena, sin saber qué hacer ni adónde ir. Como tantos otros damnificados, trataba de volver a una normalidad imposible, de aferrarse a un pasado irrecuperable. Finalmente, Ximénez resolvió volver a su casa. No sabía si aún existía o si había sido destruida por una bomba. El caso es que, llegado a la puerta del edificio de apartamentos, Ximénez comprobó primero que todavía seguía en pie y, segundo, que junto al portal se encontraba un nervioso Deodato Cambalayang.

—Hola, Cojo —le dijo Ximénez—. Me alegro de verte.

—Hola, *apo.* Yo gusto verte, también.

—¿No tendrás un cigarro por casualidad?

Deodato no contestó. En su lugar miró a un lado y sintió levemente con la cabeza.

Dos paisanos se acercaron. Dos americanos. Ximénez lo entendió enseguida y no trató de huir.

—Veo que no has perdido el tiempo, Cojo.

—Lo siento, *apo.* Obligaron.

—Bueno —replicó Ximénez—. A veces pierde hasta el gallo de Simplicio.

Los dos americanos se llevaron a Ximénez en un coche. Deodato Cambalayang se quedó junto al portal, cabizbajo, con un cigarro en la mano.

Lo retuvieron un par de semanas, tratando de sacarle información y de aclarar una serie de acusaciones. Al parecer, el hombre o no sabía o no se acordaba de la mayoría de las cosas. Dijo que si había colaborado con los japoneses lo había hecho para impedir males mayores y que, naturalmente, lo hizo siguiendo instrucciones de sus superiores. En un par de semanas estaba de nuevo en la calle.

La liberación del campo de internamiento de Santo Tomás fue recibida por los prisioneros con una explosión de alegría. Después de varios días de incertidumbre, en los que no se supo si las tropas americanas se decidirían o no a atacar y si los japoneses les harían frente o no, el verse de pronto libres supuso un alivio a la altura de lo largamente deseado.

Fue el mayor Iwanaka, de la oficina de la Comandancia del campo, quien finalmente despejó las dudas en la madrugada del 7 de enero cuando reunió de improviso al Comité Ejecutivo de prisioneros y seca, pero solemnemente, les dijo: «A partir de ahora los internos dejan de estar a mi cargo. Por orden urgente del alto mando a las cinco de la mañana todos los internos serán liberados y entregados al Comité Ejecutivo. El Comité se hará totalmente cargo de los mismos… Les sugiero que, por motivos de seguridad, el Comité mantenga a todos los internos dentro del campo. En una hora aproximadamente nos habremos ido de aquí. Esto es todo lo que tengo que decirles».

Y así lo hicieron.

A las cinco, bajo el cielo estrellado, el presidente del Comité reunió a los prisioneros y con voz potente exclamó: «¡El campo es libre!».

Kate Ferguson fue una de las 2.224 personas de Santo Tomás que no olvidarían aquel día. Como el resto de internos permaneció en el campo hasta que las hostilidades en Manila cesaron y se pudo ir distribuyendo y recolocando a la gente en otros centros de acogida. Muchos de los que entonces salieron pudieron comprobar que sus casas habían sido destruidas o estaban inhabitables. Además, los saqueos habían sido generalizados. Kate tuvo suerte. El edificio de apartamentos donde vivía antes de la guerra había sido vaciado. En su interior no había nada. Para poder dormir tuvo que adquirir un colchón en el mercado negro a cambio de un cartón de cigarrillos. Aquella noche durmió peor que en Santo Tomás, pero estaba libre, y en su casa.

Una de las primeras cosas que hizo Kate después de salir del STIC fue averiguar el paradero de Rummy. Durante varios días recorrió diversas dependencias sin resultados positivos, pues reinaba el caos burocrático. Fue en una de las improvisadas oficinas donde, por fin, un funcionario filipino, tras la consulta de varias listas, pudo darle razón del capitán Romualdo Cumplido. Estaba en Manila, en el Hospital del Sagrado Corazón, adonde había sido trasladado desde la cárcel de Panay.

Recostado en la cama, delgadísimo, con la tez macilenta y barba de varios días, Kate apenas pudo reconocerlo cuando lo tuvo delante. Rummy no pudo decir nada cuando la vio. Después de tanto tiempo seguían vivos y estaban otra vez juntos. Rummy tenía ganas de llorar pero no le salían las lágrimas. Kate le besó y le estrechó entre sus brazos. Era como abrazar un esqueleto.

Y yo, un fuerte soldado apolónida,
que, recogiendo mi pendón caído,
con la espada y laúd, te dé la vida.

Ximénez no sabe muy bien por qué le viene a la memoria este terceto final del soneto *Soldado poeta* del parañaqueño Manuel Bernabé, conocido suyo y ferviente falangista, condecorado por Franco. Pero los tiempos de espadas y laúdes han terminado y el pendón seguía caído.

Después de pasarse quince días detenido, Ximénez ha vuelto al consulado, a su despacho, que ya no es el suyo. Se entera de que ha sido cesado, que ya no está en nómina del consulado, que ha pasado a ser persona *non grata*. Órdenes de Madrid. La Falange Exterior en Filipinas ha sido finiquitada. Sus servicios ya no interesan. En una palabra: despedido.

Del Castaño está camino de España. Se ha ido por la puerta de atrás, con discreción y en silencio. El nuevo cónsul no quiere saber nada de la «vieja guardia». Ahora la situación ha cambiado y hay que congraciarse con los aliados, que van a ganar la guerra.

A nuevos tiempos, nuevos rumbos.

Ximénez se enfrenta a una situación con la que no contaba y tiene que afrontar un futuro nada halagüeño. Ximénez piensa, y el pensar no le quita las ganas de comer. Come el rancho que Auxilio Social —único resto que queda de la impronta falangista en Manila— dispensa diariamente. Servicio humanitario que el gobierno franquista sufraga para socorrer a la colonia española más necesitada.

Ximénez piensa: tengo que salir adelante como sea; si hay que cambiar, pues se cambia. Si otros lo han hecho, yo también lo puedo hacer.

Ximénez piensa: tengo que hacerme con nuevos contactos, pero ¿a quién recurrir? Mentalmente hace un repaso de sus antiguos correligionarios. Se da cuenta de que no puede contar con ellos. O están muertos —caso de Trabal—; o no quieren saber nada de él, ahora que las cosas han cambiado —caso de Correa o Santacreu.

Ximénez piensa: ¡al carajo con los amigos!

Ximénez piensa.

OCHO

En las páginas del periódico manilense *La Oceanía Española*, del 13 de noviembre de 1879, apareció un artículo de un médico americano que, entre otras cosas, decía:

«El suceso es el siguiente: un maestro sastre, mestizo, que tiene su taller en la plaza de Santa Cruz, me visitó, suplicándome que le acompañase a su casa para ver a su mujer, con objeto de reconocer una enfermedad que padecía de mucho tiempo en los órganos pudendos. Accediendo a ello practiqué, en debida forma, el reconocimiento, encontrando el cuello del útero invadido por un cáncer ulceroso y maligno, ya en tal estado de avance y destrucción de tejidos que anulaba toda esperanza de, por operación quirúrgica u otros medios, mejorar el estado deplorable de la pobre mujer, que rápidamente marchaba al sepulcro. Llevando aparte al marido, le comuniqué la triste situación de la enferma y la naturaleza incurable de la enfermedad, retirándome sin practicar curación alguna. Pocos días después apareció por segunda vez en mi gabinete el sastre pidiendo que le prestara el instrumento (*speculum vaginal*) que usé en el reconocimiento de la enfermedad de su mujer, diciéndome que un sabio practicante, procedente de Malabon, se proponía curar el cáncer expulsándolo del cuerpo de la afligida por un sistema especial suyo, pero que carecía de instrumentos para poner en ejecución el remedio que iba a practicar. Congratulándome yo por el feliz encuentro de un facultativo tan sabio, me confió que el remedio o secreto del sabio consistía en que poseía un animal negro, en forma de una lagartija, que según su descripción era un escorpión, el cual iba a colocar vivo en las partes invadidas de la enferma, donde lidiaría con el cáncer, su enemigo mortal, hasta batir, destruir, exterminar o expelerlo. Innecesario es decir que me negué a prestar el *speculum*, e ignoro si tuvo o no efecto la operación; sólo sé que al poco tiempo encontré al sastre enlutado por la ausencia de su infortunada esposa».

Los curanderos, sanadores o mediquillos siempre tuvieron, pese a las admoniciones de los profesionales médicos, gran predicamento entre las clases populares de Filipinas. Pero a Gloria Calisig lo único que le importaba cuando fue a visitar a un viejo mediquillo de Tondo, que le había recomendado una amiga, era que le diese algo para que en su seno dejase de crecer un ser vivo no deseado. El mediquillo, que aquellos días tenía más trabajo que nunca, le dio un brebaje abortivo a base de hierbas y le dijo que se lo tomara dos veces al día hasta que viera los resultados por sus propios ojos. Y así lo hizo.

Era el primer paso para empezar a olvidar un pasado que aborrecía. El segundo paso era irse, dejar su tierra, alejarse de los escenarios en los que había tenido que vivir en los últimos años, intentar borrar de su memoria demasiadas vivencias desagradables. Lo tenía claro, esperaría a conseguir un pasaje en el primer barco que partiera hacia otro país, no importaba cuál. Una vez fuera ya tendría tiempo de pensar en su futuro, en su nueva vida. Todo, menos mirar hacia atrás.

Aprovechando el caos de los últimos días de la batalla final, Werner Hauptmann, previendo lo que le podría esperar al término de la misma, se había escondido en casa de Oskar, a la espera de salir del archipiélago en cuanto le fuera posible.

Fue allí donde le detuvo la policía filipina.

Todavía no se había levantado de la cama cuando dos policías filipinos llamaron a la puerta. No hizo falta preguntar quién de los dos era Hauptmann. Uno de los policías le reconoció y se dirigió a él diciendo:

—Señor Hauptmann, queda usted detenido.

No opuso resistencia. Ésta era una posibilidad con la que había contado. Mientras lo esposaban Werner le preguntó al policía que le había identificado:

—¿Cómo ha sabido quién soy?

—¿No se acuerda de mí? Yo sí me acuerdo a usted. Soy Potenciano, el barman del Victor's Club.

—Ahora que lo dice… Vaya, la de vueltas que da la vida.

—Sí, a veces parece un tiovivo. Por cierto, Gloria le envía saludos y espera que se pudra en la cárcel.

Werner se le quedó mirando y luego le dijo:

—¿Usted era su jefe de célula, verdad?

—No tengo por qué contestarle.

—¿Y ha sido Gloria la que les ha facilitado esta dirección, no?

Potenciano tampoco contestó.

—Me lo temía —masculló Werner.

Miró a Oskar y éste se encogió de hombros.

Ximénez ya ha tomado una decisión: dejar de ser Ximénez. No le ha costado mucho. Con la excusa de recoger sus pertenencias de su despacho ha vuelto al consulado. Una vez allí ha esperado que el funcionario encargado del registro de altas y bajas se fuera a tomar un café, ha entrado en el despacho y ha abierto el libro en el que figura la larga lista de españoles muertos y desaparecidos durante la guerra. Ha ido a la última página y ha añadido otro nombre a la lista: «José Alfonso Ximénez de Gardoqui. Desparecido en febrero de 1945». Ahora se siente mejor. Ximénez ha salido del consulado con la extraña sensación de ser otra persona y de iniciar una vida nueva.

Más tarde, al pasar por las inmediaciones del palacio de Malacañang, ha tenido un encuentro imprevisto. Un individuo con gafas negras y traje azul iba dando órdenes en tagalo a varios policías para que tomasen posiciones en la entrada del palacio, con el fin de impedir el paso a los viandantes. Poco después llegaba un coche oficial, escoltado por un séquito de guardaespaldas, y entraba por la puerta principal. Ximénez ha tenido que detenerse al paso del automóvil y por unos instantes su mirada se ha parado en el tipo del traje azul y las gafas negras. Pese a su vestimenta su cara no le es desconocida. En el fondo de la memoria de Ximénez un rostro al principio difuso empieza paulatinamente a delinearse con perfiles más nítidos y reconocibles y, a medida que dicho rostro se va haciendo cada vez más definido, los posibles nombres asignados al mismo se van reduciendo, hasta que al final sólo queda una cara y un nombre: Severino Lanay.

Ximénez no sabe que el antiguo sicario y después guerrillero Perbat es ahora el jefe de guardaespaldas del presidente Roxas, a las órdenes del director de seguridad personal, el ex comisario Perfecto Remediado. A Ximénez ya no le interesa Lanay, de modo que evita su encuentro, no sea que le reconozca y se le ocurra reclamarle el dinero que aún le debe por el encargo.

Lugar: casa de campo de Florencio Santacreu Jr., en Mandaluyong, a las afueras de Manila. *Hora*: once de la mañana. *Intervinientes*: Pedro Correa, Ramón Santaolalla y el dueño de la casa. *Tema de conversación*: negocios y perspectivas de futuro.

CORREA: Queremos ante todo agradecerle, Santaolalla, su presencia aquí. Sé por Júnior que es un hombre de mucha valía, honrado y emprendedor...

SANTAOLALLA: Es usted muy amable.

CORREA: ...y no esconde sus ganas de triunfar en esta vida. Eso es bueno.

SANTAOLALLA: Sólo he procurado hacer bien mi trabajo al servicio de una gran empresa. He de reconocer que el señor Santacreu ha sido muy considerado conmigo durante mi estancia en Iloilo.

SANTACREU: No es preciso que me dé las gracias.

CORREA: Bien, pero ahora creemos que es el momento para hablar de algunas cosas que seguro serán de su interés. Verá, como usted debe saber, el señor Gumersindo Giménez ha quedado muy afectado después de que su casa fuese destruida y la casa donde se refugió, la de don Floro Santacreu, que Dios tenga en su gloria, sufriera un brutal asalto por parte de los japoneses. Salió vivo de milagro, y ahora se siente abatido, triste y sin ganas de hacer nada. Quiere dejar los negocios y volver a España tan pronto como le sea posible. Además, su mujer está muy enferma y ansía regresar a su país para poder morir allí tranquilamente. En fin, que Sindito tiene la intención de vendernos a Santacreu y a mí un porcentaje de sus participaciones en las empresas que tiene aquí. Esto puede suponer en breve un volumen de negocio añadido considerable, y hemos pensado que usted sería la persona ideal para hacerse cargo de estos negocios. Sería algo así como el administrador general. ¿Qué le parece la idea?

(Los tres hombres están sentados en la veranda. Santaolalla aprovecha para servirse un vaso de zumo de mango. Bebe un trago, despacio).

SANTAOLALLA: No sé qué decirle. No había pensado en ello, aunque les agradezco mucho el ofrecimiento.

CORREA: No tiene que darnos una respuesta ahora mismo.

SANTACREU: Eso, tiene tiempo para pensárselo.

SANTAOLALLA: Lo haré. Sin duda es una excelente oportunidad.

CORREA: Hay un pequeño detalle, sin embargo, que supongo que no se le escapa. Como sabe, entre las nuevas disposiciones del gobierno está la de que los extranjeros no pueden tener empresas o tierras a su nombre. Nosotros somos españoles, pero si hay que hacerse filipinos, pues nos hacemos filipinos. Al fin y al cabo hemos nacido aquí.

No creo que esto suponga mayores problemas, excepto si a alguien del negociado correspondiente se le ocurre sacar a relucir determinadas actitudes de nuestro pasado reciente, a las que por cierto fuimos conducidos con engaños, y de las que obviamente renegamos hace tiempo. ¿Me comprende, no?

SANTAOLALLA: Me hago cargo.

CORREA: El caso es que sería una pena que nuestras perspectivas de futuro se fueran al traste por culpa de una engorrosa traba burocrática.

SANTACREU: Sería una pena, sí.

SANTAOLALLA: Déjeme que les diga que no veo un impedimento grave, sobre todo teniendo en cuenta que en estos momentos Filipinas necesita de empresarios con experiencia, iniciativa y ganas de sacar adelante al país. De todas maneras, si de algo puede servirles, conozco a un alto funcionario y creo que estaría dispuesto a facilitar los siempre enojosos trámites, aunque muy probablemente haya que motivarlo para ello, ya me entienden.

CORREA: Lo entendemos perfectamente, ¿verdad Júnior?

SANTACREU: Por supuesto.

CORREA: Puede contar con todo lo que haga falta.

SANTAOLALLA: De acuerdo. En breve les comunicaré mi decisión sobre su ofrecimiento y les informaré sobre mis gestiones.

SANTACREU: Se lo agradecemos muy sinceramente.

CORREA: Si necesita alguna cosa más…

(Santaolalla hace ademán de irse. Correa y Santacreu se levantan y le acompañan a la salida. Antes de irse, Santaolalla les dirige una pregunta).

SANTAOLALLA: ¿Por casualidad saben algo de Ximénez?

(Por unos momentos Correa y Santacreu enmudecen. Quien rompe el silencio es Correa).

CORREA: ¿Ximénez? Hace mucho tiempo que no sé de él. Me dijeron que los americanos lo habían detenido, pero no sé ni dónde está ahora ni qué es lo que hace. Si he de serle sincero me importa un bledo lo que sea de él. Para mí como si está muerto.

SANTAOLALLA: Ya. No es por nada, pero es que me gustaría saber quién, antes de la guerra, le dio el soplo de que yo trabajaba para los americanos.

CORREA: La verdad, no tengo ni idea. ¿Tú sabes algo, Júnior?

SANTACREU: ¿Yo? Nada.

SANTAOLALLA: Bueno, tampoco tiene mucha importancia. Lo dicho: en unos días les comunicaré algo. Por cierto, ¿dijo que mi cargo sería administrador o director general?

CORREA: Bueno, el nombre es lo de menos, pienso yo. Lo que cuenta es que lleguemos a un acuerdo satisfactorio por ambas partes, ¿no cree?

(Santaolalla se va. Correa y Santacreu se quedan mirándose a la cara, sin decir nada).

Ximénez se mira en el espejo y ve a un muerto.

Durante unos días ha estado dudando si localizar o no a Gloria. Por un lado desearía hablar con ella, contarle sus nuevos planes; por otro, olvidarse de ella sería lo mejor para evitar futuras complicaciones. Al final, ha optado por lo segundo, sin querer asumir que, en el fondo, la imagen que de veras ha estado persiguiendo en los últimos tiempos ha sido la de Graciela. Pero Graciela ya no existe.

Desaparecer para convertirse en otro es tarea difícil, pero las circunstancias no son adversas. De repente surgen de la nada personas a las que todos creían muertas, mientras que otras se desvanecen a la vista de todo el mundo. La gente apenas se fija en los demás, bastante tienen con preocuparse de ellos mismos.

Tras arreglar los últimos asuntos administrativos, Ximénez ha llegado a su apartamento. El aspecto del apartamento, escueto y provisional, tanto vale para una casa a la que se acaba de llegar como para otra que se está a punto de dejar. Encima de la cama hay una maleta a medio hacer. Hay pocas cosas dentro, sólo las imprescindibles. Quien aspira al anonimato no precisa de mucho equipaje. Además, el viaje no tiene por qué ser largo, ni el punto de destino quedar muy lejos.

Se va al cuarto de baño.

Primero se enjabona la cara lentamente. Luego coge la maquinilla de afeitar y en un par de pasadas o tres el bigote ha desaparecido.

—Por algo se empieza —se dice mientras trata de reconocer su nuevo aspecto.

EPÍLOGO

En abril de 1947 el buque transíndico *Haleakala*, de la firma naviera De la Rama Steamship Co., atracó en el puerto de Barcelona. No sólo era filipina su bandera, sino también su oficialidad y tripulación. Traía, como más preciado cargamento, una embajada de buena voluntad y el mensaje fraternal del presidente de la República de Filipinas, Manuel A. Roxas, para el pueblo español y sus gobernantes. Roxas había hecho meses antes unas declaraciones a la prensa en las que afirmaba que España ocuparía siempre «un cuartel de honor en el escudo de la historia de Filipinas».

Entre los pasajeros del *Haleakala* había diputados, diplomáticos y cualificados prohombres filipinos en diversos ámbitos de las artes, las ciencias, la prensa y los negocios, así como españoles repatriados ansiosos, como diría Gerardo Diego, cronista del evento, «de olvidar entre nosotros la pesadilla de una barbarie pagana, resistida y vencida al fin por el esfuerzo unido de los pueblos»[2].

---

[2] DIEGO, GERARDO. *Filipinas en España* (*ABC*, 17-4-1947). En: *Obra Completa*, Alfaguara, Madrid, Tomo IV, 1997, pp. 602-604.

Uno de los pasajeros, con pasaporte filipino, era don Fidel Zuazo, personaje sobre el que se cernía un espeso halo de misterio. Para empezar, se especulaba con que ése no era su verdadero nombre, sino que se habría apropiado de él aprovechando la desaparición de numerosos registros y documentos en los días de la guerra. Lo cierto era que nadie sabía de su existencia antes de 1945. Menos de un año después, sin embargo, su nombre empezó a sonar en los medios financieros de Manila. Él mismo había contribuido a aumentar el misterio al afirmar que no recordaba nada de su pasado dado que el impacto de un obús, durante su período de combatiente con la guerrilla, le había producido amnesia. Nadie, al parecer, tuvo interés en verificar su versión. Una interesada y general pérdida de memoria había barrido el país en los meses de la posguerra, y a nadie le extrañaba que notorios colaboracionistas durante la ocupación japonesa, empezando por miembros del gobierno títere, no fueran inculpados ni juzgados. Además, era de dominio público el decidido apoyo económico de Zuazo al partido gobernante. Algunas voces críticas que osaron cuestionar en la prensa la trayectoria «oficial» de Zuazo, así como el incierto origen de su fortuna, fueron pronto silenciadas. Otras voces ponían de manifiesto el parecido físico con un antiguo funcionario del consulado de España, que había sido dado por desaparecido en los caóticos días que siguieron a la batalla de Manila. Respecto al origen de su fortuna uno de los rumores más insistentes apuntaba a que después de la guerra Fidel Zuazo habría dado en la isla de Calayan con parte del llamado «tesoro de Yamashita», grandes cantidades de oro escondidas por los japoneses en diversos lugares del archipiélago poco antes de su retirada. Pero no dejaban de ser especulaciones.

Sea como sea, aquella mañana Fidel Zuazo desembarcó del *Haleakala* como un viajero más. Su presencia apenas fue notada, aunque se le vio, siempre en un segundo plano, en alguno de los actos con que las autoridades de la ciudad condal quisieron agasajar a la comitiva filipina. Al cabo de unos días, sin embargo, desapareció de escena y dejó de ser visto. Los últimos en verle fueron los empleados del Hotel Colón, donde se alojó. Tardarían tiempo en olvidar su consumo de coñac y sus generosas propinas.

FUENTES Y AGRADECIMIENTOS

Éste es un libro de ficción, y ficticios son los personajes; pero el trasfondo histórico es real. Para su elaboración he tenido en cuenta diversos testimonios y referencias bibliográficas. Entre ellas:

ABAYA, HERNANDO J. *Betrayal in the Philippines*. A. A. Wyn, Inc., Nueva York, 1946.

ALUIT, ALFONSO J. *By Sword and Fire. The Destruction of Manila in World War II. 3 february-3 march 1945*. Lucky Press, Inc. Manila, 1994.

ARASA, DANIEL. *Los españoles en la guerra del Pacífico*, Laia Libros, Barcelona, 2001.

CHASE, ALLAN. *Falange. The Axis Secret Army in the Americas*, Putnam, Nueva York, 1943.

CONNAUGHTON, RICHARD; PIMLOTT, JOHN Y ANDERSON, DUNCAN. *The Battle for Manila*. Bloomsbury, Londres, 1995.

FORONDA JR, MARCELINO A. *Cultural Life in the Philippines During the Japanese Occupation, 1942-1945*. Philippine National Historical Society, Manila, 1978.

GÜELL, CARMEN. *La última de Filipinas*. Belacqva, Barcelona, 2005.

LUCAS, CELIA. *Prisoners of Santo Tomas*. Leo Cooper, Londres, 1975.

MELLNIK, STEVE. *Philippine Diary 1939-1945*. Van Nostrand Reinhold, Nueva York, 1969.

PÉREZ DE OLAGUER, ANTONIO. *El terror amarillo en Filipinas.* Editorial Juventud, Barcelona, 1947.

PHILLIPS, CLAIRE Y GOLDSMITH, MYRON B. *Manila Espionage.* Binfords & Mort, Portland, Oregon, 1947.

RODAO, FLORENTINO. *Franco y el imperio japonés.* Plaza & Janés, Barcelona, 2002.

RÓMULO, CARLOS P. *Yo vi la caída de Filipinas.* Atlas, Madrid, 1945.

Mi agradecimiento también al P. Policarpo Hernández, OSA, del convento de San Agustín de Manila; a Ronaldo Pendon; a Félix Blanco; a James Kirkup, por *Filipinescas* (1968); y a James Hamilton-Paterson, por *Ghosts of Manila* (1994).

ÍNDICE